www.ingramcontent.com/pod-product-compliance
Lightning Source LLC
LaVergne TN
LVHW010436070526
838199LV00066B/6043
9789369087754

ندامت کے آنسو

(بچوں کی کہانیاں)

مرتبہ:

مسعود احمد برکاتی

© Masood Ahmed Barkati

Nadamat ke Aansu *(Kids Stories)*

by: Masood Ahmed Barkati

Edition: December '2024

Publisher :

Taemeer Publications LLC (Michigan, USA / Hyderabad, India)

ISBN 978-93-6908-775-4

9 789369 087754

مرتب یا ناشر کی پیشگی اجازت کے بغیر اس کتاب کا کوئی بھی حصہ کسی بھی شکل میں بشمول ویب سائٹ پر اَپ لوڈنگ کے لیے استعمال نہ کیا جائے۔ نیز اس کتاب پر کسی بھی قسم کے تنازع کو نمٹانے کا اختیار صرف حیدرآباد (تلنگانہ) کی عدلیہ کو ہوگا۔

© مسعود احمد برکاتی

کتاب	:	**ندامت کے آنسو** (بچوں کی کہانیاں)
مرتب	:	**مسعود احمد برکاتی**
صنف	:	ادب اطفال
ناشر	:	تعمیر پبلی کیشنز (حیدرآباد، انڈیا)
سالِ اشاعت	:	۲۰۲۴ء
صفحات	:	۵۴
سرورق ڈیزائن	:	تعمیر ویب ڈیزائن

مرتب : مسعود احمد برکاتی   ندامت کے آنسو (بچوں کی کہانیاں)

فہرست

(۱)	ندامت کے آنسو	شاہ جہاں احمد رانا	7
(۲)	شہنشاہ نے کہا: میں مفلس ہوں	عبداللہ خاور	18
(۳)	ایک دو تین چور	عبداللہ خاور	23
(۴)	بلند ہمت گگو	میرزا ادیب	27
(۵)	پتھر کی گواہی	عشرت رحمانی	34
(۶)	ہمدرد منزل	علی اسد	44

تعارف

ایک مہذب اور صاف ستھرے سماج اور ملک و ملت کے زریں مستقبل کے لیے ادب اطفال کی جتنی ضرورت ہمیں کل تھی، آج بھی ہے۔ ان کہانیوں میں وعظ و پند کا شور نہیں بلکہ انسان دوستی اور ہمدردی کی دھیمی دھیمی اور بھینی بھینی مہک ہونی چاہیے۔

بچوں کے ادب کی زبان نہایت آسان ہونی چاہئے۔ طرز ادا اور اسلوب بیان ایسا ہو کہ بچے بخوشی انہیں پڑھیں، ان میں دلچسپی لیں، ان کو پڑھ کر مسرت محسوس کریں۔ کہانیوں میں مختلف دلچسپ واقعات کی شمولیت سے بچوں کی دلچسپی کو بڑھایا جا سکتا ہے۔

تعمیر پبلی کیشنز کی جانب سے مسعود احمد برکاتی کی مرتب کردہ چند دلچسپ و اصلاحی کہانیوں کا ایک جدید ایڈیشن شائع کیا جا رہا ہے۔

شاہ جہاں احمد رانا

ندامت کے آنسو

رات بھر زور کی بارش ہوتی رہی تھی۔ اس وقت بھی آسمان پر گہرے بادل چھائے ہوئے تھے اور ہلکی ہلکی پھوار پڑ رہی تھی۔ گرمیوں میں ایسا بھیگا بھیگا خوش گوار موسم کبھی کبھی آتا ہے۔ میں کھڑکی کے شیشے سے ناک ٹکائے باہر دیکھ رہا تھا جہاں ہمارے ہم جولی بارش میں اودھم مچا رہے تھے۔ انھیں دیکھ کر ہمارا دل بھی باہر جانے کے لیے مچل رہا تھا، لیکن امی جان نے باہر جانے پر پابندی لگا دی تھی، کیوں کہ ان کے خیال میں بارش کی وجہ سے باہر پھسلن تھی، اس لیے باہر جانے سے

چوٹ لگ جانے کا اندیشہ تھا، دوسری وجہ یہ بھی تھی کہ یہ وقت ہماری پڑھائی کا تھا۔ ہم چاروں بہن بھائی کمرے میں اداس بیٹھے تھے۔ امّی جان کے حکم کی خلاف ورزی بھی نہیں کرسکتے تھے۔ ہمیں معلوم تھا کہ اگر ہم نے امّی جان کے حکم کے خلاف ایک قدم بھی باہر نکالا تو شامت آجائے گی۔ خوب لیکچر ملے گا، ہوسکتا ہے کہ ڈھول دھپّے تک بھی نوبت آجائے۔ ہم چاروں بہن بھائیوں کا یہی خیال تھا کہ کسی طرح باہر نکل کر موسم سے لطف اندوز ہوا جائے، مگر باہر جانے کا کوئی آسان طریقہ ذہن میں نہیں آرہا تھا۔

میری چھوٹی بہن شاہین فردوس بار بار اُٹھ کر شیشوں سے باہر جھانکتی اور پھر کرسی پر بیٹھ کر کورس کی کتاب اٹھا کر صفحے پلٹنے لگتی۔ شاہدہ ناز گل کے سامنے کتاب پڑی تھی مگر وہ خود گڑیا کو دُلھن بنانے میں مشغول تھی۔ ننھا شازی ایک انگریزی رسالے کو اُلٹا پکڑے ورق گردانی کر رہا تھا۔ نزدیک ہی اس کا قاعدہ پڑا تھا۔ میں بھی کاپی پنسل ہاتھ میں لیے سوال حل کرنے کے بجائے باہر نکلنے کی ترکیب سوچ رہا تھا کہ اچانک امّی جان کی آواز آئی۔ سب نے برق رفتاری سے اپنی اپنی کتابیں اُٹھالیں۔ شاہدہ ناز گل نے اپنی گڑیا اپنے بستے میں رکھ دی۔ ننھے شازی نے جو کہ پلنگ پر بیٹھا تھا، جھٹ تکیے کے نیچے رسالہ چھپا کر قاعدہ ہاتھ میں لے لیا اور الف سے انار، ب سے بکری کی گردان شروع کردی۔ امّی جان نے ہمیں پڑھتے ہوئے دیکھا تو مطمئن ہو کر واپس چلی گئیں۔ ان کے جاتے ہی سبھوں نے کتابیں رکھ کر اپنا اپنا شغل شروع کردیا۔ باہر بچوں کی آوازیں ہمارے کانوں سے ٹکرا رہی تھیں اور ہم باہر جانے کے لیے بے قرار ہو رہے تھے۔ یکایک شاہین فردوس نے اپنی کتابیں میز پر پٹخیں اور میرے قریب آکر سرگوشی کی، "بھائی جان! باہر جانے کی کوئی ترکیب سوچیے۔" ہم نے کہا کہ ہم بڑی دیر سے دماغ لڑا رہے ہیں۔ فی الحال تو.... خیر ہم دوبارہ سوچتے ہیں۔ ہم تھوڑی دیر کے لیے گہری سوچ میں ڈوب گئے پھر اُبھر کر بولے، "ترکیب آگئی۔"

"کیا؟" شاہین بے قراری سے بولی۔ میں نے جواب دیا، "ڈرائینگ روم کے عقبی دروازے سے باہر چلے جاتے ہیں تھوڑی دیر بعد واپس آجائیں گے۔ امّی جان کو خبر تک نہ ہوگی۔"

"بالکل ٹھیک ہے۔" شاہین خوشی سے بولی۔ شاہین نے شاہدہ ناز کے کان میں اُسے پروگرام سے آگاہ کردیا تھا، کیوں کہ ہم شازی کو یہیں چھوڑ کر جانا چاہتے تھے۔ ہم نے جلدی

سے اس ترکیب پر عمل کرنے کی تیاری شروع کر دی۔ میں نے جلدی سے اپنی بوشرٹ اور بوٹ اتار پھینکے۔ شاہین اور شاہدہ ناز نے صرف اپنے اپنے بوٹ اُتار دیے۔ شازی حیرت سے ہماری اس کارروائی کو دیکھ رہا تھا، پھر اُس نے بھی جلدی جلدی اپنی قمیص اور بوٹ اُتار دیے۔
شاہین نے شازی کو پچکارتے ہوئے کہا: "شازی! تم نے بہت پڑھ لیا ہے، اب تم سو جاؤ دیکھو، ہم سب بھی سوتے ہیں، امّی جان کہہ کر گئی ہیں کہ ہم سب سو جائیں۔" ہمیں معلوم تھا کہ اگر شازی کو ساتھ لے کر جایا جائے تو یہ آکر امّی سے سب کچھ بتا دے گا اور اگر یہاں چھوڑا گیا تو یہ ہمارے جاتے ہی شور مچا دے گا کہ سب باہر چلے گئے ہیں، اِس لیے ہم نے یہی سوچا کہ پہلے اسے سُلا دیا جائے پھر باہر جائیں۔ ہم سب شازی کے سونے کا انتظار کرنے لگے۔ وہ تھوڑی دیر تک انگڑائیاں اور جماہیاں لیتا رہا پھر آنکھیں بند کر لیں۔ چند لمحے ہم بھی آنکھیں بند کیے لیٹے رہے۔ پھر میں اور شاہدہ ناز آہستہ آہستہ پلنگ سے اُترے اور شاہین جو شازی کے ساتھ تھی اسے بھی پیچھے آنے کا اشارہ کیا اور خود جلدی سے دروازے سے نکلنے لگے، مگر اُسی وقت شازی کی آواز نے ہمیں چونکا دیا: "کہاں جا لیے ہیں" (کہاں جا رہے ہیں) میں نے پیچھے مڑ کر دیکھا تو شازی تکیے سے سر اُٹھائے ہمیں دیکھ رہا تھا۔ میں نے جلدی سے بات بنائی: "شازی دراصل میرے سر میں درد ہو رہا ہے، اس لیے میں اور شاہدہ ناز اٹھے ہیں، شاہدہ پانی کا گلاس بھر کر لائے گی اور میں گولی لے کر آؤں گا، دیکھو، باجی شاہین تو تمھارے ساتھ ہی لیٹی ہیں۔" شاہین نے آنکھیں بند کر لیں اور ہم ڈرائینگ رُوم میں جا کر شاہین کے آنے کا انتظار کرنے لگے۔
چند ہی لمحے گزرے تھے کہ شاہین آگئی اور میں نے جوں ہی دھڑکتے دل کے ساتھ دروازے کی چٹخنی کھولی تو ایسا محسوس ہوا جیسے کوئی آ رہا ہے۔ چٹخنی کی طرف بڑھتے ہوئے میرے ہاتھ بے اختیار رُک گئے، دِل دَھک دَھک کرنے لگا۔ شاہین نے گھبرائی ہوئی سی آواز میں کہا: "شاید امی جان آ رہی ہیں۔" میں نے چاروں طرف دیکھا تا کہ چھپنے کی مناسب جگہ نظر آجائے اور پھر سٹ پٹائی ہوئی آواز میں کہا کہ تم دونوں پردے کے پیچھے چھُپ جاؤ اور خود بجلی کی سی تیزی سے صوفے کے پیچھے رینگ گیا۔ قدموں کی آواز نزدیک آگئی، پھر ایسا محسوس ہوا جیسے کوئی کھڑا ہو کر جائزہ لے رہا ہے۔ میں نے آہستگی سے صوفے کے پیچھے سے جھانکا تو سر پیٹ کر رہ گیا۔ شازی سامنے کھڑا آنکھیں پٹ پٹاتا ہوا چاروں طرف دیکھ رہا تھا۔ میں نے

سوچا، اگر یہ واپس چلا گیا تو سیدھا جا کر امی سے پوچھے گا کہ سب کہاں گئے؟" میں جلدی سے صوفے کے پیچھے سے نکل آیا۔ اس سے پہلے کہ وہ مجھے کہتا وہ مجھے دیکھتے ہی بولا "آپ یہاں کیا کل لیے ہیں؟ (آپ یہاں کیا کر رہے ہیں) میں نے جواب دیا، "شازی! دراصل ایک موٹا سا چوہا ہماری دوا کی گولی اٹھا کر لے گیا تھا، ہم اسے ڈھونڈ رہے تھے۔ لیکن تم ہمارے پیچھے کیوں چلے آئے؟" وہ بڑی معصومیت سے بولا "میلے شر میں بھی درد ہے ۔۔۔ باجی کاں (کہاں) ہیں؟" پھر اس کی نظر شاہدہ کے پاؤں پر پڑ گئی جو پردے کے باہر دکھائی دے رہا تھا۔ گھبرا کر ڈری ڈری آواز میں بولا، "واں کون ہے؟" میں نے جھنجھلا کر کہا، "تمھارا سر ہے، جاؤ، جا کر سو جاؤ ورنہ امی جان ماریں گی" مگر وہ ٹس سے مس نہ ہوا بار بار اصرار کرنے لگا کہ پہلے بتائیے پردے کے پیچھے کون ہے؟ میں نے خوب رعب جھاڑا، مگر وہ کسی اڑیل ٹٹو کی طرح اڑ گیا۔ جب رعب خاک میں ملتا نظر آیا تو دل چاہا کہ ایک زناٹے دار تھپڑ رسید کر دوں، مگر مجھے یہ ارادہ ملتوی کر دینا پڑا، کیونکہ ایک تھپڑ کے بدلے میں امی جان کے کئی تھپڑ کھانے پڑتے۔ ناچار ہم نے کہا، "شاہین اور شاہدہ دونوں باہر آجاؤ، یہ نہیں ٹلے گا۔" پھر ہم شازی کو ساتھ لیے اپنے ساتھیوں میں شامل ہو گئے۔ کوئی پیپل کے نیچے بیٹھا تھا، کوئی جھولا جھول رہا تھا، کوئی نہا رہا تھا، کہیں پکوان ہو رہا تھا۔ بس مزے ہی مزے تھے۔ ہر طرف جل تھل ہو رہا تھا۔ گلی کوچے ندی نالے بن گئے تھے۔ ہر چیز نکھری نکھری اور شاداب لگ رہی تھی۔ ہم خوب نہائے۔ کچھ پرندے درختوں پر چپ چاپ بیٹھے تھے۔ کچھ چھوٹے پرندے جو بھیگ کر نیچے آگرے تھے، آفتاب اور سلیم انھیں پکڑ رہے تھے۔ اچانک کوئل کی کوکو سنائی دی۔ مجھے آم یاد آ گئے۔ آفتاب نے بتایا کہ کوئل آموں کے باغ میں بول رہی ہے۔ جہاں درخت آموں سے لدے ہوئے ہیں۔

سلیم نزدیک آکر بولا، "آموں کے باغ میں چلتے ہیں۔"

میں نے کہا، "امی جان نے ہمیں کچے آم کھانے سے سختی سے منع کیا ہے۔" آفتاب کہنے لگا کہ امی جان کو کیسے معلوم ہوگا جب کہ ہم گھر بتائیں گے ہی نہیں۔"

میں نے کہا: "پھر چلو۔" سلیم بولا، "بھئی پہلے حلوا کھا کر جائیں گے۔" آفتاب نے کہا: "او لالچی لومڑ! آؤ باغ میں چلتے ہیں، خوب آم کھائیں گے اور جھولیاں بھر بھر کے ساتھ لے کر آئیں گے۔" سلیم جو کھانے کا شوقین تھا کشمکش و پنج میں پڑ گیا کہ اِدھر جاؤں کہ اُدھر جاؤں۔ پھر کہنے لگا

"شاہی بھائی! میں گھر سے حلوے کے لیے چینی چُرا کر لایا تھا، اب اگر حلوا نہ پکایا تو ضائع ہو جائے گی۔" میں نے اسے دلاسا دیا: "ارے جب تک حلوہ پکے گا ہم واپس آجائیں گے۔" اس طرح اس کی عقل شریف میں بات آگئی اور میں شاہین، شاہدہ، شازی اور آفتاب روانہ ہو گئے۔

پانی میں چھینٹے اُڑاتے، ٹرٹراتے ہوئے مینڈکوں کا پتھر سے نشانہ بناتے، کھیلتے کودتے آخر کار ہم باغ کے قریب پہنچ گئے۔ اس وقت بارش رُک گئی تھی اور بادل چھٹ گئے تھے۔ نیلے نیلے آسمان پر اُودے اودے بادلوں کی ٹکڑیاں تیرتی پھر رہی تھیں۔ ہم نے شازی کو اوپر اُٹھایا تاکہ وہ دیوار کے پار باغ کے چوکی دار کو دیکھے۔ شازی نے سہمی ہوئی نظروں سے دیکھتے ہوئے کہا، "چوکیدار نہیں ہے۔" ہم آہٹ کیے بغیر دیوار کی آڑ میں دبے دبے قدموں سے چلتے ہوئے گیٹ کے قریب پہنچ گئے۔ میں سب سے آگے تھا۔ میں نے انھیں رُکنے کا اشارہ کیا اور خود گیٹ پر چڑھ کر دوسری جانب کُود گیا پھر کچھ دیر دم سادھے بیٹھا کچھ سننے کی کوشش کرتا رہا۔ جب یقین ہو گیا کہ چوکی دار نزدیک کہیں نہیں ہے تو پھر سیٹی بجا کر اپنے

ساتھیوں کو اندر آنے کا اشارہ کیا۔ سلیم اور آفتاب گیٹ پھلانگ کر آ گئے اور شاہد، شازی گیٹ کی سلاخوں سے نکل کر اندر آ گئے۔ اب ہمارے بالکل سامنے آموں سے لدے ہوئے سرسبز درخت تھے جنھیں دیکھ کر ہم سب خوشی سے اچھلنے لگے۔ میں نے اُن سے کہا، "خاموش ہو جاؤ، ورنہ چوکی دار اگر آ گیا تو ساری خوشی دھری کی دھری رہ جائے گی۔"

سلیم بولا، "میں درخت کے اوپر چڑھوں گا۔" آفتاب جھٹ بولا، "موٹے اگر تو اُوپر چڑھا تو درخت ہی نیچے آ گرے گا، لہٰذا میں چڑھوں گا۔" میں نے کہا، "تم جھگڑو نہیں درخت پر میں چڑھوں گا۔" یہ کہہ کر میں درخت پر چڑھ گیا۔ جب آموں سے لدی ڈالی کو پکڑا تو پتوں میں چھپی ہوئی بوندیں برس پڑیں جس سے یک لخت سب ڈر گئے۔ شازی تو پھدک کر دُور جا کھڑا ہوا اور سلیم گھبرائی ہوئی آواز میں اُدھر دیکھ کر بولا، "یہ ہم پر پانی کس نے پھینکا تھا؟" میں نے ہنستے ہوئے انھیں بتایا کہ یہ بارش کے قطرے گرے ہیں۔ میں نے جب آم توڑا تو سب للچائی ہوئی نظروں سے اوپر دیکھنے لگے۔ میں نے آم پہلے خود چکھا جس سے سلیم بے قرار ہو کر بولا، "جلدی جلدی آم پھینکو۔ ابھی واپس جا کر ہمیں حلوا بھی کھانا ہے۔"

میں نے جوں ہی آم پھینکا سب ایک ساتھ شور مچاتے ہوئے آم پر جھپٹے۔ شازی نے جلدی سے اسے اٹھا لیا، لیکن سلیم سب کو دھکے دے کر شازی سے آم چھین کر کچر کچر چبانے لگا۔ شازی چلّانے لگا، "بھائی جان! موٹا میلا (میرا) آم لے گیا۔"

شازی نے سلیم کی نیکر پکڑ رکھی تھی۔ میں نے غصے سے کہا، "شازی، بریک لگا زبان پر۔ اگر چوکی دار آ گیا تو سب پکڑے جائیں گے۔" یہ سُن کر سب خاموش ہو گئے جیسے سانپ سونگھ گیا ہو۔

میں آم توڑ توڑ کر نیچے پھینکنے لگا اور میرے ساتھی اُٹھا اُٹھا کر جھولیاں بھرنے لگے۔ سب سے زیادہ آم سلیم نے لیے تھے جو دوسروں کا حصہ بھی سمیٹ لیتا تھا۔

یکایک مجھے ایسا محسوس ہوا جیسے کوئی آ رہا ہے۔ میرا دل گھبرانے لگا کہ کہیں چوکی دار نہ آ جائے۔ پھر وہی ہوا جس کے اندیشے سے ہمارا دل ڈوبا جا رہا تھا۔ میں نے دیکھا کہ چوکی دار لمبے لمبے ڈگ بھرتا ہوا اسی جانب آ رہا ہے۔ وہ لمحہ بہ لمحہ قریب آ رہا تھا۔ اس اچانک افتاد پر کچھ سمجھ میں نہیں آ رہا تھا کہ کیا کروں؟ میں نے خوف سے لرزتی ہوئی آواز میں کہا، "چوکی دار آ رہا ہے۔" سلیم یہ سُن کر اچھل پڑا۔ اس کے تمام آم زمین پر گر پڑے اور چہرے پر کئی رنگ گزر گئے۔ سب کی آنکھیں دہشت سے پھٹنے لگیں۔ اب ہمی

ہوئی نظروں سے اِدھر اُدھر دیکھنے لگے۔ شازی تو رونے لگا۔ میں نے کہا: "پیڑوں کے پیچھے چھپ جاؤ۔" شاہین شازی کو تقریباً گھسیٹتی ہوئی درخت کے پیچھے لے گئی۔ سلیم نے تیزی سے اپنے گرے ہوئے آم جھولی میں ڈالے اور جاکر دوسرے درخت کے پیچھے چھپ گیا۔ سب پیڑوں کی آڑ میں ہوگئے۔ میں بھی پتّوں کی اوٹ میں دبک گیا اور دل ہی دل میں "جل تو جلال تو آئی بلا کو ٹال تو" پڑھنے لگا۔ خوف ناک مونچھوں والا چوکی دار ہاتھ میں مولا بخش لیے جوں ہی درخت کے قریب آیا تو آم دیکھ کر وہیں ٹھٹھک کر رہ گیا۔ اس کی آنکھوں سے شعلے لپکنے لگے۔ وہ چاروں طرف گھور گھور کر دیکھنے لگا۔ اسی وقت سلیم کو جانے کیا سُوجھی کہ درخت کے پیچھے سے سر نکال کر جھانکا۔ چوکی دار نے دیکھ لیا۔ وہ دہاڑا، "دکون ہے؟"

یہ آواز سُن کر شازی چیخیں مار مار کر رونے لگا۔ چوکی دار نے آگے جاکر دیکھا تو حیران رہ گیا۔ اس نے سب سے پہلے سلیم کو کان سے پکڑا جو آنکھیں بند کیے درخت کے پیچھے چھپا بیٹھا تھا۔ سلیم کا رنگ زرد ہو رہا تھا۔ شاہدہ بھی ڈر کر رونے لگی تھی۔ شاہین بولی، "وہ۔۔ وہ۔۔ وہ جی۔"

"کیا وہ جی؟" پٹھان چوکی دار غصے سے بولا۔

شاہین تھوک نگل کر بولی، "وہ جی ہماری مُرغی گم ہوگئی تھی ہم اُسے ڈھونڈ رہے تھے۔" آفتاب نے صاف جھوٹ بولا، "ہاں جی! بہت ڈھونڈا ہے مل ہی نہیں رہی۔"

سب نے آم درختوں کے پیچھے چھپا دیے تھے، لیکن سلیم کی جھولی آموں سے بھری ہوئی تھی، چوکی دار بولا، "ہوں! تم اِدھر کیوں آئی تھی؟"

شاہدہ بولی، "میرے ادھر پیسے گم ہوگئے تھے وہ ڈھونڈھ رہی تھی۔" پھر شازی سے بولا، "او! تم کیوں روتا ہے؟" شازی اور دھاڑیں مار مار کر رونے لگا۔

چوکی دار نے کہا، "تم چُپ کر، ہم تم کو کچھ نہیں بولتا۔" اور شازی نے بریک لگا دیے۔ اُس نے اپنی جیبوں میں آم ٹھونسے ہوئے تھے۔۔ پھر چوکی دار نے سلیم کا کان مروڑتے ہوئے کہا، "تم ادھر بطخ ڈھونڈنے آیا تھا؟"

سلیم رونی صورت بنا کر بولا، "جج۔۔۔ جج۔۔ جی۔۔ مجھے تو کچھ پتا نہیں۔"

"ہوں، تمھیں کچھ پتا نہیں تو یہ جھولی میں کیا ہے؟" چوکی دار نے پوچھا۔

"یہ تو اوپر سے۔۔۔" اس سے پہلے کہ سلیم میرا نام لیتا آفتاب نے سلیم کو زور سے کہنی کا ٹھونکا دیا۔

سلیم جلدی سے بولا، "اوپر سے اپنے آپ گرے ہیں؟"

"اپنے آپ گرنے لگے تھے یا تم نے اوپر چڑھ کر توڑے ہیں؟" چوکی دار نے کہا۔

سلیم بولا، "خدا کی قسم میں اوپر نہیں چڑھا تھا۔"

ادھر میرا دل خوف سے دھک دھک کر رہا تھا کہ کہیں سلیم بتا ہی نہ دے۔ چوکی دار نے کہا، "تم دونوں لڑکے مُرغا بن جاؤ"، اور شازی کو مولا بخش دے کر کہا، "تم یہ ڈنڈا پکڑ لو، جو نہی یہ ذرا سا نیچے ہوں ان کو ڈنڈے سے مارو اگر تم نے ایسا نہ کیا تو میں تم کو بھی کان پکڑوا کر ماروں گا، اور شاہین اور شاہدہ سے بولا، "تم دونوں ایک دوسرے کے بال پکڑ لو۔"

شازی ایک ہاتھ میں ڈنڈا لیے تھا جوں ہی آفتاب یا سلیم نیچے ہوتا شازی کا ڈنڈا دھپ سے اس کی پیٹھ پر لگتا اور سلیم پر ڈنڈے کی چوٹ پڑ اوئی.. اوئی کا شور مچاتا۔ شازی کے دوسرے ہاتھ میں آم تھا جسے وہ مزے لے لے کر کھا رہا تھا۔ چوکی دار قہقہے لگا رہا تھا اور شاہین کنکھیوں سے میری جانب دیکھ رہی تھی۔ شازی بار بار اوپر دیکھتا تھا اور سلیم بھی ٹانگوں کے نیچے سے آنکھوں ہی آنکھوں میں مجھے ڈھونڈنے کی کوشش کر رہا تھا۔ سوچ رہا ہوگا کہ شاہی کدھر گیا؟ اِدھر میں پتّوں کی اوٹ میں چُھپا یہ سوچ رہا تھا کہ اگر میری موجودگی کا راز فاش ہو گیا تو شامت آجائے گی بلکہ قیامت آجائے گی۔ ہم بُرے پھنسے تھے۔ ابھی ہم بچ نکلنے کی کوئی ترکیب سوچ ہی رہے تھے کہ ہماری ناک میں کھجلی سی ہوتی پھر وہ آخ چھو! بڑے زور کی چھینک آگئی۔ ادھر چوکی دار کی مُسکراہٹ غائب ہو گئی۔ اس نے چونک کر اوپر دیکھا تو اس کا مُنہ کھلا کا کھلا رہ گیا۔ اس نے مجھے دیکھ لیا تھا، بولا، "تو یہ تمھارا مُرغی درخت پر بیٹھا ہے۔"

چوکی دار کی آواز مجھے اپنی رگوں میں گھستی ہوئی محسوس ہوئی۔ میرا خون خشک ہوا جا رہا تھا، گلے میں کانٹے پڑ گئے تھے۔ پیروں کی جان نکلی جا رہی تھی اور میں گرتے گرتے بچا۔ میں نے ٹہنی کو مضبوطی سے پکڑ لیا۔ چوکی دار بولا، "تم گونگا ہے، جواب کیوں نہیں دیتا؟"

میں نے خوف و دہشت سے لپٹی ہوئی آواز میں کہا، "مم... مم... میں جی... میں نے جی ایک موٹا سا بُل ڈاگ اِدھر سے گزرتے دیکھا تھا۔ اس کے خوف سے میں اوپر چڑھ گیا تھا۔" یہ سُن کر چوکیدار نے اتنی زور سے قہقہہ لگایا کہ پرندے اپنے گھونسلوں سے پھڑپھڑاتے ہوئے اُڑ گئے اور میرا رواں رواں لرز اُٹھا۔ چوکی دار نے شازی سے ڈنڈا لیا اور اپنی لمبی

لمبی خوف ناک مونچھوں کو تاؤ دے کر بولا، "نیچے اُترو۔"

میں نے ہاتھ میں پکڑے ہوئے آم چھپانے کی کوشش کی مگر وہ میرے ہاتھ سے چھوٹ گئے۔ ایک سیدھا دھائیں سے چوکی دار کی ناک پر پڑا جس سے اس کی نکسیر پھوٹ گئی۔ وہ غصے سے پاگل ہو گیا اور گرجتا ہوا بولا، "او خوچہ جلدی نیچے اُترو ہم تمھاری ہڈیاں توڑے گا۔"

یہ سُن کر شازی پھر رونے لگا۔ آفتاب اور سلیم کان چھوڑ کر تماشا دیکھنے لگ گئے۔ چوکیدار نے ایک ایک ڈنڈا انھیں لگایا اور کہا، "کان پکڑو۔" اور مجھے مولا بخش سے اشارہ کرتے ہوئے کہا، "فٹا فٹ اُترو۔" ــــــ وہ غصے سے آگ بگولا ہو رہا تھا اور خوف کے مارے، میرا کلیجہ تھرا رہا تھا اور نبضیں ڈوب رہی تھیں۔ میں کانپتے کانپتے نیچے اُترنے لگا تو بدقسمتی سے میرا پانو شہد کے چھتے پر جا پڑا، بس پھر کیا تھا مکھیوں کا ایک غول بھنبھناتا ہوا اُڑا اور میرے ننگے بدن پر سوئیاں سی چبھنے لگیں۔ میں درد سے چلّایا اور ڈالی میرے ہاتھ سے چھوٹ گئی اور میں دھپ سے چوکی دار کے اوپر آ کر کندھے پر بیٹھ گیا جیسے گھوڑے پر سواری کرتے ہیں۔ شکر ہے زمین پر نہیں گرا ورنہ ضرور ہڈیاں ٹوٹ جاتیں۔ اب مکھیاں سب پر ٹوٹ پڑیں۔ چیخوں کے دھماکے ہو رہے تھے۔ سب چیخ رہے تھے۔ چوکی دار کی مونچھوں میں مکھیاں گھس گئیں۔ چوکیدار بلبلاتا ہوا چنگھاڑ رہا تھا، "وائی۔ وائی، مر گیا۔" وہ کبھی ہوائی گھونسے چلاتا، کبھی بائی جمپ لگاتا، کبھی لانگ جمپ۔ اس نے ہمیں زمین پر پٹخا اور چیختا چلّاتا ہوا ایک طرف بھاگ گیا۔ مکھیوں کا پورا غول اُس کے پیچھے تھا۔ مجھے کوئی خاص چوٹ نہیں آئی تھی۔ میرے تمام ساتھی بھاگ گئے تھے۔ میں بھی اٹھ کر بھاگا۔ ڈر سے قدم رکھتا کہیں تھا پڑتا کہیں تھا۔ جب گیٹ سے باہر نکلا تو دیکھا سب بدحواسی میں بے تحاشا بھاگے جا رہے تھے۔ شازی چھوٹا ہونے کے باوجود سب سے آگے تھا۔ ہم اتنی تیزی سے بھاگے کہ شاید پوری زندگی میں ایسے تیز نہ بھاگے ہوں گے۔ بس ہوا میں اُڑے چلے جا رہے تھے، شاہدہ بھی تیز بھاگ رہی تھی۔ سب سے پیچھے سلیم تھا۔ موٹا ہونے کی وجہ سے اُس سے بھاگا نہیں جا رہا تھا۔ وہ بھوں بھوں کر کے روتا ہوا چلّا چلّا کر کہہ رہا تھا کہ مجھے بھی ساتھ لے چلو۔ باقی سب نے چیخنا بند کر دیا تھا، لیکن سلیم ابھی تک بڑی بلند آواز سے چلّا رہا تھا۔ مجھے غصہ آیا کہ کم بخت خواہ مخواہ بھوں بھوں کر کے رو رہا ہے اگر چوکی دار نے سُن لیا تو دوبارہ پیچھے آ جائے گا۔ میں نے اس کے قریب جا کر کہا، "سلیم یہ ریں ریں بند کرو ورنہ میں تمھیں اڑنگا لگا کر زمین

پر پھینک دوں گا، اور ذرا جلدی بھاگو ورنہ ابھی چوکیدار آکر حلوا بنا دے گا۔"

ابھی میرے منہ سے یہ الفاظ نکلے ہی تھے کہ میرا پاؤں پھسلا۔ میں نے بچنے کے لیے سلیم کا سہارا لینا چاہا، مگر توازن قائم نہ رکھ سکا اور ہم دونوں شڑاپ سے پانی میں جا گرے۔ پگڈنڈی پر بھاگنا مشکل تھا۔ کسی نے پتھر سے ٹھوکر کھائی۔ کوئی کسی پودے سے اُلجھ کر گرا۔ پھسلن کی وجہ سے کوئی بھی گرنے سے نہیں بچا۔ راستے میں کتوں نے دیکھ لیا تو بھونک بھونک کر ہماری طرف لپکے۔ ہم ایک دفعہ پھر چیختے ہوئے بھاگے۔ اسی طرح پھسلتے، گرتے پڑتے جب بستی کے قریب پہنچے تو کیچڑ میں لت پت تھے۔ ہمیں پہچاننا مشکل تھا۔ شازی تو رو رو کر ہلکان ہو رہا تھا، مگر سلیم کے رونے کی آواز تو میلوں تک سنائی دے رہی تھی۔ میں نے شازی کا کیچڑ بھرا آم نے کر پھینک دیا۔ شاہین کا دایاں اور شازی کا بایاں گال سوج کر کُپّا ہو گیا۔ شاہدہ کی ناک ڈبل روٹی بن گئی تھی۔ آفتاب کا چہرہ تو ایسا لگ رہا تھا جیسے کسی سے لڑ کر آیا ہو اور کسی نے خوب گھونسے مارے ہوں اور مجھے کوئی پہلی بار دیکھتا تو یہی سمجھتا کہ بھولو پہلوان آ رہا ہے جو کیچڑ میں لت پت ہے۔ صرف ایک ہستی تھی جو صحیح سلامت تھی وہ ہستی تھی سلیم کی۔ جسے ایک مکھی نے بھی نہیں کاٹا تھا، لیکن وہ واویلا یوں مچا رہا تھا جیسے سارا چھتا اس کے ہی چمٹ گیا ہو۔

ہمارے ہم جولی ابھی تک کھیل رہے تھے۔ سلیم نے ان کو دیکھا تو رونا بند کر دیا۔ شاید پوچھنے لگا تھا کہ میرے حلوے کا حصہ کہاں ہے ؟ مگر جب سب کی نظریں ہم پر پڑیں تو وہ چیختے ہوئے بھاگے۔ سوچ رہے ہوں گے یہ عجیب و غریب مخلوق عجیب عجیب آوازیں نکالتی کہاں سے آ گئی۔

جب ہم محلّے میں داخل ہوئے تو تماشائیوں سے گلی بھر گئی۔ لوگ ہمیں حیرت سے دیکھ رہے تھے۔ امّی جان پریشان پریشان سی دروازے میں کھڑی تھیں۔ ابا جان بھی غصّے میں بھرے نمودار ہوئے۔ اگر وہ ہمارا ڈھول کی طرح سوجا ہوا چہرہ نہ دیکھتے تو شاید تھپڑوں اور ڈانٹوں سے ہمارا استقبال کرتے، مگر انھیں ہماری حالتِ زار پر رحم آ گیا۔ شازی نے تو کھانستے ہوئے نوّے میل فی گھنٹہ کی رفتار سے تمام واقعات ابو جان کے گوش گزار کر دیے۔

ہم سب سر جھکائے کھڑے تھے۔ ابا جان نے کہا: "کچے آم کھانے سے شازی کھانس رہا ہے بیٹے! تمھاری امی جان نے اسی لیے کچے آم کھانے سے روکا تھا کہ اسے کھانے سے انسان بیمار ہو جاتا ہے

اور پھر تم آم چوری کرنے گئے تھے۔ چوری کرنا سب سے بڑا گناہ ہے، بیٹے تم چوری چھپے باہر گئے۔ آم چوری کیے، ماں باپ کی حکم عدولی کی۔ اگر تم اپنی امّی جان کی بات مان لیتے تو تمھیں کبھی یہ تکلیف نہ اُٹھانا پڑتی۔" ابّا جان کی باتیں سُن کر ہماری آنکھوں سے آنسوؤں کا سیلاب جاری ہو گیا۔ یہ شرمندگی کے آنسو تھے۔

شہنشاہ نے کہا، "میں مُفلس ہوں"

عبداللہ خاور

حضرت ذُوالقرنین بہت بڑے بادشاہ گزرے ہیں۔ اُن کا ذکر قرآن مجید میں آیا ہے۔ انھوں نے اپنے زمانے کی ساری معلوم دُنیا فتح کرلی تھی اور بڑے عدل و انصاف سے حکومت کرتے تھے۔ انھوں نے کوہِ قاف کے علاقے میں ایک پُرامن بستی کو یاجوج ماجوج کے حملوں سے بچانے کے لیے تانبے اور فولاد کی ایک دیوار پہاڑوں میں بنوائی تھی۔ اس دیوار کو سدِ ذوالقرنین کہتے ہیں۔

ان ہی بزرگ اور فاتح عالم بادشاہ کا ذکر ہے کہ وہ اپنی فتوحات کے دوران ایک ایسے علاقے سے گزرے جہاں ایک عجیب وغریب قوم رہتی تھی۔ اس قوم کے طور طریقے، رہن سہن اور کھانا پینا دُنیا بھر سے الگ انداز پر تھا۔

یہ لوگ گھاس پھوس کا لباس پہنتے تھے اور جنگل میں قدرتی طور پر اُگنے والا ساگ پات، اور جڑی بوٹیاں کھا کر پیٹ بھرتے تھے۔ جنگل میں پرندوں اور جانوروں کی کثرت تھی لیکن اِس قوم کے لوگ جانوروں کا شکار نہیں کرتے تھے۔ ان کے یہاں گوشت کھانے کا دستور نہیں تھا۔ لطف کی بات یہ تھی کہ اس جنگل کے وحشی جانور شیر، گیدڑ، بھیڑیے وغیرہ بھی جانوروں کا شکار نہیں کرتے تھے اور نہ گوشت کھاتے تھے۔

حضرت ذوالقرنین اور ان کے لشکریوں کو اس قوم کا حال دیکھ کر بڑی حیرت ہوئی۔ وہ لوگ لڑنا بھڑنا بھی نہیں جانتے تھے اور ان کے پاس کسی قسم کے ہتھیار بھی نہیں تھے۔ سب سے زیادہ حیرت انگیز بات یہ تھی کہ اُن سب نے اپنی اپنی قبریں بنوا رکھی تھیں۔ روزانہ اس کی صفائی کرتے تھے اور اُن کے پاس نمازیں پڑھتے تھے۔

ذوالقرنین نے ان کے سردار کے پاس اپنا ایلچی بھیجا۔ اُس نے سردار سے جا کر کہا، "تم کو

فاتحِ عالم شہنشاہ ذوالقرنین بلاتے ہیں۔ ہمارے ساتھ چلو۔"

سردار نے جواب دیا، "مجھے تم سے، بادشاہ سے یا کسی سے کوئی غرض نہیں ہے۔ اگر اس کو مجھ سے کوئی غرض ہو تو وہ میرے پاس چلا آئے۔"

ایلچی نے ذوالقرنین کو جا کر یہ جواب سنایا، جواب سُن کر خفا ہونے کے بجائے انھوں نے کہا، "واقعی وہ سچ کہتا ہے۔" اور خود اس کے پاس تشریف لے گئے۔

ذوالقرنین نے سردار سے کہا، "میں نے تمھیں بلایا اور تم نہ آئے، لو میں خود تمھارے پاس آگیا ہوں۔ تم نے آنے سے انکار کیوں کیا؟"

اس نے کہا، "اگر آپ سے مجھے کوئی مطلب حاصل کرنا ہوتا تو میں آتا۔"

ذوالقرنین نے کہا، "تمھاری حالت دیکھ کر مجھے اور میرے ساتھیوں کو سخت حیرت ہے تمھارے پاس دُنیوی سازوسامان میں سے ایک چیز بھی نہیں ہے۔ تم لوگوں نے دوسری قوموں کی طرح سونا چاندی بھی جمع نہیں کیا۔ اگر تم مال و دولت جمع کرتے تو اور قوموں کی طرح آرام و آسایش سے رہتے۔"

سردار نے جواب دیا، "آرام و آسایش سے رہتے تو بار بار آپ کی طرح طاقت ور بادشاہ ہم پر حملے کرتے اور ہمیں تباہ کرتے۔ جب امن کا زمانہ ہوتا تو ہمارے یہاں لڑائی جھگڑے، مقدمے اور چوریاں ہوتیں۔ مال دار دن رات اپنا مال بڑھانے کی فکر کرتے۔ لوگوں میں برابری نہ ہوتی، بلکہ کوئی آقا ہوتا اور کوئی غلام۔"

ذوالقرنین سردار کا یہ جواب سُن کر حیرت زدہ رہ گئے۔ کچھ دیر خاموش رہے اور اس عجیب بات پر غور کرتے رہے پھر بولے،

"یہ تو بتاؤ کہ قبریں تم نے کس غرض سے کھودی ہیں۔ مجھے معلوم ہوا ہے کہ تم انھیں روز صاف کرکے ان کے پاس نمازیں پڑھتے ہو۔"

سردار نے کہا، "قبریں اس لیے ہیں کہ اگر ہم پر دنیا کا لالچ غالب آجائے تو قبریں ہمیں موت یاد دلادیں اور ہم لمبی لمبی اُمیدیں نہ باندھیں اور خدا کو اور آخرت کو نہ بھولیں۔"

شہنشاہ نے کہا، "تم لوگ گوشت کیوں نہیں کھاتے، جانوروں کا دودھ کیوں نہیں پیتے، ان پر سواری کیوں نہیں کرتے، ان سے کام کیوں نہیں لیتے؟"

سردار نے جواب دیا "ان سب سوالوں کا ایک جواب تو یہ ہے کہ جانور ہمارا گوشت نہیں کھاتے، ہمارا دودھ نہیں پیتے، ہم پر سواری نہیں کرتے۔ اس لیے ہم بھی ان سے ایسا سلوک نہیں کرتے۔"

شہنشاہ اور اس کے ساتھی یہ سُن کر ہنسنے لگے تو سردار نے کہا،

"اے شہنشاہ، ہم اپنے پیٹوں کو جانوروں کا قبرستان نہیں بنانا چاہتے۔ رہا ان کا دودھ، تو وہ ان کے بچّوں کا حصّہ ہے۔ جیسے ہماری عورتوں کا دودھ ہمارے بچّوں کا حصّہ ہے۔ اور سواری کے لیے ہمارے پیر اور بوجھ اُٹھانے کے لیے ہمارے ہاتھ موجود ہیں۔ ہمیں جانوروں کو تکلیف دینے کی کیا ضرورت ہے۔ اور پھر ہمارے پاس بوجھ ہی کون سا ہے۔ ہم ہلکے مسافر ہیں۔ ہم پر کوئی بوجھ نہیں۔ ہم کسی کے لیے بوجھ نہیں کوئی ہمارے لیے بوجھ نہیں۔"

اس دانش مندانہ جواب پر ذوالقرنین اور حیران ہوئے اور انھوں نے اللہ کی تعریف کی جس نے تہذیب و تمدن سے دُور ایسی سادہ زندگی گزارنے والوں کو ایسا ذہن اور عقل عطا کی۔ شہنشاہ حیرت میں کھوئے ہوئے تھے کہ سردار نے اپنی جھونپڑی میں سے ایک کھوپڑی اُٹھائی اور پوچھا،

"شہنشاہ، کیا تجھے معلوم ہے کہ یہ کون ہے؟"

"مجھے نہیں معلوم۔" ذوالقرنین نے کہا۔

سردار بولا "یہ ایک بادشاہ تھا۔ خدا تعالیٰ نے اس کو ایک سلطنت کا حاکم بنایا۔ اس نے اس سرزمین کو ظلم سے بھر دیا۔ خدا نے اسے موت دی۔ اب یہ ڈھیلے کی طرح پڑا ہوا ٹھوکریں کھاتا رہتا ہے۔ اور بات یہیں ختم نہیں ہوگئی۔ اس کا اعمال نامہ اس کے ظلم، اس کی سرکشی سب خدا کو معلوم ہے۔ قیامت میں اس کا بدلہ پائے گا۔"

یہ سُن کر ذوالقرنین کی آنکھوں میں آنسو بھر آئے۔ بوڑھے سردار نے ایک اور کھوپڑی اُٹھائی اور کہا،

"شہنشاہ، کیا تجھے معلوم ہے کہ یہ کون ہے؟"

شہنشاہ نے کہا "مجھے نہیں معلوم۔"

سردار بولا "یہ بھی ایک بادشاہ کا سر ہے جو اس کے بعد ہوا۔ پہلے کا ظلم و ستم اسے معلوم تھا۔ اس نے عدل، سخاوت، رحم اور خدا ترسی کے ساتھ حکومت کی۔ اب اس حال میں ہے۔ خدا کو اس کے نیک اعمال کا علم ہے وہ اسے قیامت میں بہترین اجر دے گا۔"

پھر سردار نے ذوالقرنین کے سر کو چھوا اور کہا،

"اے ذوالقرنین، ایک دن یہ کھوپڑی بھی دونوں کی طرح خاک میں پڑی ہوگی۔ لہٰذا جو کچھ کر سوچ بوجھ کر کر اور خدا سے ڈر کر کر۔"

ذوالقرنین اور اُن کے ہمراہی سردار کی باتیں سُن کر بے قرار ہو کر رونے لگے۔ جب ذرا طبیعت ٹھکانے پر آئی تو ذوالقرنین نے کہا،

"اے دانش مند سردار، تو میرے ساتھ چل۔ مجھے تیری دانائی کی سخت ضرورت ہے۔ مجھے اپنے انجام کا بڑا خوف ہے۔ میں تجھے اپنا نائب بناؤں گا اور سلطنت میں تجھے شریک کروں گا۔"

سردار نے کہا "اے شہنشاہ، میرا تیرا ساتھ ناممکن ہے۔"

ذوالقرنین نے پوچھا "کیوں؟"

بوڑھے سردار نے کہا "اس لیے کہ آپ دشمنوں میں گھرے ہوئے ہیں اور میں دوستوں میں گھرا ہوا ہوں۔ آپ کے ساتھ جاؤں گا تو میں بھی دشمنوں میں گھر جاؤں گا۔"

بادشاہ کو اس جواب پر اور بھی حیرت ہوئی۔ اس نے وضاحت چاہی تو سردار نے بتایا،

"اقتدار خود اپنی ذات سے دشمنی ہے۔ آپ کے پاس ملک و مال ہے اس لیے آپ کے اردگرد سب آپ کے دشمن ہیں۔ آپ کے جاں نثار بھی آپ کے دشمن ہیں۔" اس نے بادشاہ کے ایک ساتھی کی طرف اشارہ کر کے کہا "اگر اس کو توقع امید ہو کہ آپ کے بعد اسے بادشاہ بنا دیا جائے گا تو کیا یہ آپ کی موت کی آرزو نہ کرے گا؟"

یہ سُن کر ذوالقرنین کے وزیروں میں ہلچل مچ گئی اور وہ بادشاہ سے کہنے لگے،

"چلیے یہ دیوانہ ہے۔"

لیکن بادشاہ بُت بنا ہوا سردار کی باتیں سُن رہا تھا۔ اس نے کہا،

"اور تم دوستوں میں کس طرح گھرے ہو؟"

سردار بولا "حضور میں نے دُنیا پر لات ماردی ہے۔ مجھ سے کسی کو عداوت کی کوئی وجہ نہیں۔ میں مفلس ہوں اِس لیے میرا دُشمن کوئی نہیں۔"

شہنشاہ ذوالقرنین نے اس مفلس کی پیشانی چومی اور کہا،

"تُو مفلس نہیں، تو شہنشاہوں کا شہنشاہ ہے۔ تیرا دِل غنی ہے اور تیری عقل دُنیا کا سب سے بڑا خزانہ ہے، اس لیے تو سب سے بڑا دولت مند ہے۔ مُفلس میں ہوں ..... مفلس میں ہوں..."

یہ الفاظ زیرِ لب گنگناتا ہوا فاتحِ عالم شہنشاہ اُس بستی سے رخصت ہوا۔

عبداللہ خاور

ایک، دو، تین چور

ایک شخص حضرت عیسٰی علیہ السلام کے پاس آیا اور اُن سے درخواست کی کہ مجھے اپنے ساتھ رہنے کی اجازت دیجیے۔

حضرت عیسٰیؑ نے فرمایا "تو میرے ساتھ کیوں رہنا چاہتا ہے؟" اس نے جواب دیا، "اے اللہ کے نبیؑ میں دین کی تعلیم حاصل کرنے اور آپ کی خدمت کرنے کے لیے آپ کے ساتھ رہنا چاہتا ہوں۔" حضرت عیسٰیؑ نے اجازت دے دی۔

ایک بار حضرت عیسٰیؑ سفر پر روانہ ہوئے۔ یہ شخص بھی ساتھ تھا۔ چلتے چلتے دونوں ایک ندی پر پہنچے۔ چند درختوں کے سایے میں بیٹھ کر ناشتا کیا۔ حضرت عیسٰیؑ کے پاس تین روٹیاں تھیں۔ دو ختم ہوگئیں۔ ایک باقی رہ گئی۔ حضرت عیسٰیؑ نے کہا، "تو بیٹھ جا میں ندی سے پانی پی کر آتا ہوں۔" جب حضرت عیسٰیؑ واپس آئے تو دیکھا کہ تیسری روٹی غائب ہے۔ آپ نے اس شخص سے پوچھا "روٹی کس نے لی؟" اس شخص نے جواب دیا، "مجھ کو معلوم نہیں۔" حضرت عیسٰیؑ خاموش رہے اور سفر پر روانہ ہو گئے۔

چلتے چلتے ایک سرسبز اور شاداب جنگل میں پہنچے جہاں رنگ برنگے پرندے اور جانور کثرت سے تھے۔ سامنے ایک ہرنی اپنے دو بچوں کے ساتھ چر رہی تھی۔ حضرت عیسٰیؑ نے ہرن کے ایک بچے کو اشارہ کیا وہ آپ کے پاس آگیا۔ آپؑ نے اُس کو ذبح کیا بھونا اور اُس شخص کے ساتھ بُھنا ہوا گوشت تناول فرمایا۔ کھانے کے بعد بچے کے بقیہ گوشت اور ہڈیوں سے کہا، قُم بِاِذنِ اللہ، یعنی خدا کے حکم سے کھڑا ہو جا۔ ہرن کا بچہ اللہ کے حکم سے زندہ ہوا اور اُٹھ کر اپنی ماں کے پاس چلا گیا۔ پھر آپؑ نے اس شخص سے کہا، "تجھ کو اُس ذات کی قسم ہے جس نے اپنی قدرت سے تجھ کو یہ معجزہ دکھایا، بتلا دے کہ روٹی کس نے لی تھی؟"

اس شخص نے جواب دیا "مجھے نہیں معلوم"۔

حضرت عیسیٰؑ اسے لے کر آگے بڑھے۔ ایک چشمہ ملا۔ آپؑ نے اس کا ہاتھ پکڑا اور پانی پر چلنے لگے اور دریا اس طرح پار کرلیا جیسے زمین پر چلتے ہیں۔ پھر اس شخص سے پوچھا، "تجھے اس ذات کی قسم ہے جس نے اپنی قدرت سے تجھے یہ معجزہ دکھایا"۔

اُس شخص نے پھر وہی جواب دیا کہ مجھے معلوم نہیں۔

حضرت عیسیٰ آگے روانہ ہوئے اور چلتے چلتے ایک اور جنگل میں پہنچے اور زمین پر بیٹھ کر ریت جمع کرنا شروع کردی۔ اس طرح مٹی کا ایک ڈھیر بن گیا۔ حضرت عیسیٰؑ نے مٹی کے ڈھیر سے کہا "خدا کے حکم سے سونا بن جا"۔ وہ تمام ڈھیر سونے کا بُرادہ بن گیا۔

حضرت عیسیٰؑ نے اس سونے کے تین حصّے کیے اور فرمایا:

"سونے کی ایک ڈھیری تیری"۔

"سونے کی ایک ڈھیری میری"۔

"اور سونے کی تیسری اس کی جس نے روٹی لی تھی"۔

یہ سُن کر وہ شخص بول اُٹھا،

"حضرت، روٹی تو میں نے لی تھی"۔

حضرت عیسیٰؑ نے فرمایا "تو یہ سارا سونا لے لے اور میرا پیچھا چھوڑ"۔ یہ کہہ کر حضرت عیسیٰؑ اُس شخص کو سونے کے پاس چھوڑ کر آگے روانہ ہوگئے اور یہ وہیں جنگل میں بیٹھ کر اُس سونے کو بہ حفاظت اپنے گھر لے جانے کی تدبیریں کرنے لگا۔ اتنے میں دو مسافروں کا گزر اس طرف سے ہوا۔ انھوں نے ایک شخص کو جو اتنا سونا لیے بیٹھے دیکھا تو اُنھیں بڑی حیرت ہوئی اور آپس میں طے کیا کہ اسے مار کر سونا ہتھیالیں۔ جب ان دونوں نے اس پر حملہ کیا تو اس نے امان طلب کی اور کہا "بھائی مجھے نہ مارو۔ اس سونے کے تین حصّے ہیں۔ ہم تینوں ایک ایک حصّہ آپس میں بانٹ لیں گے"۔

یہ سُن کر وہ دونوں رُک گئے۔ اب شام ہو رہی تھی۔ لہٰذا یہ طے ہوا کہ رات یہیں بسر کی جائے اور سونے کی حفاظت کریں۔ ایک آدمی کو قریب کے گاؤں بھیجا تا کہ وہاں سے کھانے کا سامان خرید لائے۔ وہ کھانا لینے روانہ ہوا۔ وہ راستے میں سوچتا جاتا تھا کہ اتنا

سونا اگر اکیلے مجھے ہی مل جائے تو میں دُنیا کا سب سے بڑا دولت مند آدمی بن جاؤں گا۔ ہوں نوکر چاکر، بڑے بڑے محل، تجارتی جہاز اور عیش و عشرت کا سامان ہوگا۔ کیا کروں؟ کیا کروں؟۔۔ آہا بڑی آسان ترکیب ہے۔ میں تو کھانا سرائے میں کھا لوں گا اور ان کے کھانے میں زہر ملا دوں گا۔ مجھ سے کھانے کو کہیں گے تو میں کہوں گا کہ میں کھانا کھا آیا ہوں۔۔۔۔ کھانا کھا کر دونوں مر جائیں گے۔ میں سارا سونا اپنے قبضے میں کروں گا۔۔۔ وہ سوچنے میں اتنا محو ہوا کہ آخری جملہ اتنی زور سے کہا کہ کہ جنگل کے گیدڑ چیخنے لگے

"ہاؤں، ہاؤں، ہاں ں ں"

غرض اس نے جیسا سوچا تھا ویسا ہی کیا۔ خود سرائے میں ڈٹ کر کھانا کھایا۔ اپنے ساتھیوں کے لیے کباب روٹی، پلاؤ وغیرہ خریدا اور اس میں بہت سا زہر ملا دیا اور خوشی خوشی وہاں سے لے کر واپس چلا کہ ابھی کھاؤ اور مر جاؤ۔

اب اِدھر کی سنیے:

اُس آدمی کی روانگی کے بعد ہی باقی دونوں میں یہ صلاح ٹھہری کہ کھانا لانے والا جب واپس آئے تو اچانک اس پر حملہ کر کے اُسے مار ڈالیں اور اس کا حصّہ بھی آپس میں آدھا آدھا تقسیم کرلیں۔

کھانا لانے والا اپنے خیالوں میں مگن وہاں پہنچا اور انھیں پکار کر کہنے لگا:

"لو بھائیو، بڑا لذیذ کھانا لایا ہوں۔ گرم گرم۔ بھاپ اُٹھ رہی ہے۔ جلدی سے کھالو۔" وہ کہنے لگے "ابھی کھاتے ہیں۔ رکھو تو۔"

وہ آدمی جیسے ہی کھانا رکھنے کے لیے جھکا۔ دونوں اس پر ٹوٹ پڑے اور اسے مار ڈالا۔ پھر دونوں نے ڈٹ کر کھانا کھایا۔ ساتھ ساتھ کہتے جاتے،

"واہ بڑا مزے دار کھانا لایا تھا۔"

"ہاں دوست، بڑا مزے دار آدمی تھا۔"

"وہ بھئی جنت میں پہنچ گیا۔ ہم بھی اس مال سے خوب فائدہ اُٹھائیں گے اور خیرات بھی کریں گے۔ پھر جنت بھی ہمیں مل جائے گی۔"

یہ کہتے کہتے ان کے پیٹ میں درد اُٹھا "ہائے ہائے جیسے کوئی پیٹ مسلے ڈالتا ہے

شاید میں زیادہ کھا گیا ہوں۔ آہ۔ آہ ۔ آہ"

دوسرے نے کہا "میرے کلیجے میں جلن ہورہی ہے۔"

اور پھر ہائے ہائے کہتے ہوئے دونوں زمین پر لوٹنے لگے۔ تکلیف سے بُرا حال تھا۔ دونوں سمجھ گئے کہ مرنے والا ان کے مرنے کا سامان پہلے ہی کر گیا ہے۔ مُنہ سے خون آنے لگا۔ کبھی سونے کو دیکھتے اور کبھی ایک دوسرے کو۔ اچانک ایک کو زبردست قے ہوئی جس کے ساتھ بدن کا سارا خون نکل پڑا اور اُس کی آنکھیں پتھرا گئیں۔ دوسرا دیوانگی کے عالم میں اپنا مُنہ بھینچے ہوئے اُٹھ کر بھاگا، لیکن سونے کے ڈھیر سے ٹھوکر کھا کر گرا اور کئی پلٹیاں کھا کر مر گیا۔

عرصۂ دراز کے بعد حضرت عیسیٰؑ اپنے ساتھیوں کے ساتھ اُدھر سے جب گزرے تو یہ منظر تھا:

بیچ میں سونے کے تین ڈھیر پڑے جگمگا رہے ہیں اور اُن کے اِرد گرد تین لاشیں سڑ رہی ہیں۔ ایک کی گردن کٹی ہوئی ہے اور دو اپنے خون میں نہائے ہوئے ہیں اور لاکھوں سُرخ چیونٹے ان لاشوں کا گوشت کھا رہے ہیں۔ کوئی نہیں بتا سکتا تھا کہ ان کے جسم پر چیونٹے زیادہ ہیں یا سونے کے ذرّے زیادہ ہیں؟

حضرت عیسیٰؑ اور اُن کے ساتھی کچھ دیر خاموش کھڑے اس عبرت ناک منظر کو دیکھتے رہے۔ دُنیا بیچ میں پڑی تھی اور دُنیا کے لیے ایک دوسرے سے لڑنے والے اس کے اِرد گرد لاشوں کی صُورت میں سڑ رہے تھے۔

بلند ہمت گگو

میرزا ادیب

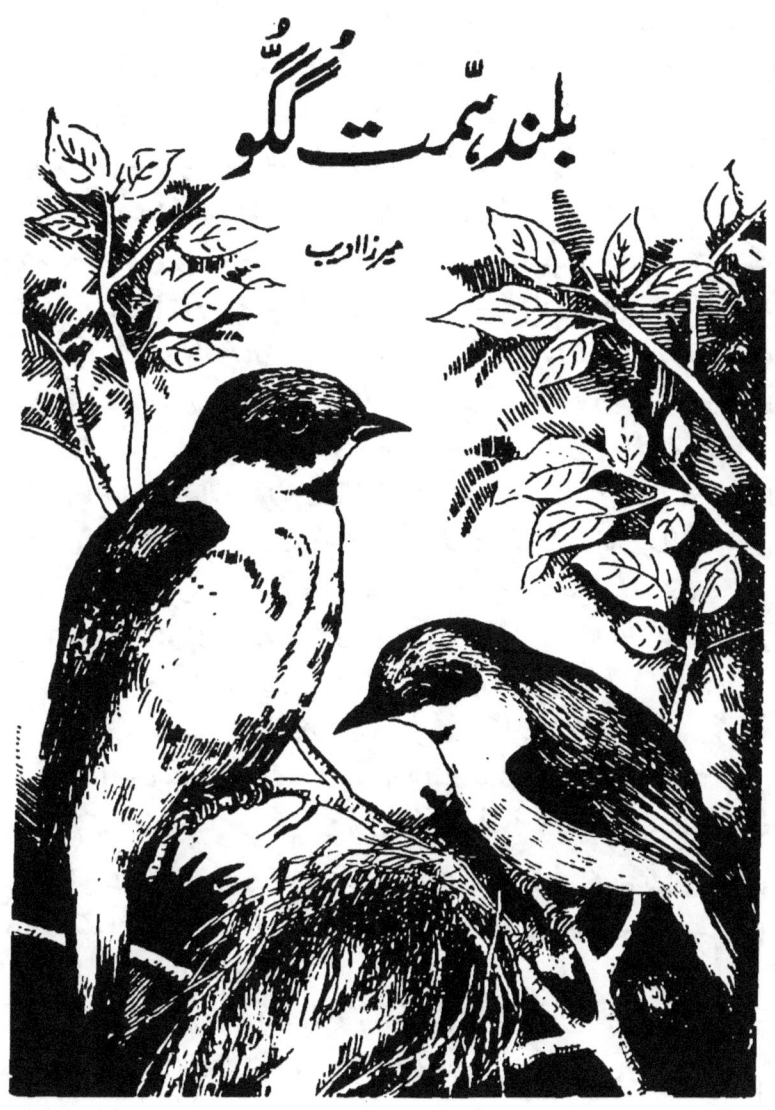

ایک تھا چڑا اور ایک تھی چڑیا۔ ان کا تھا گھونسلا جامن کے ایک درخت کی شاخ پر اور یہ درخت تھا شہر کے ایک باغ کے اندر۔ چڑیا کا نام تھا گگی اور چڑے کا نام تھا گگو۔ اپنا گھونسلا انھوں نے بڑی محنت سے بنایا تھا۔ ایک ایک تنکا اٹھا کر لائے تھے اور بڑا آرام دہ گھر بنالیا تھا، بڑے مزے سے اپنے گھونسلے میں رہتے تھے۔ انھیں کیا خبر تھی کہ جب جامن کھانے کے قابل ہو جائیں گے تو انھیں کھانے والے بھی آموجود ہوں گے۔ ابھی انھیں اپنے گھونسلے میں رہتے ہوئے دو ماہ ہی گزرے ہوں گے کہ چھوٹے چھوٹے سبز رنگ کے جامن سیاہ رنگ کے ہوگئے اور جب ہوا چلتی تو روز چند ایک نیچے گر پڑتے۔ خیر گگی اور گگو کو ان سے کیا واسطہ تھا، مگر ہوا یہ کہ نہ جانے کہاں کہاں سے درجن بھر لڑکے آگئے۔ انھوں نے جامن گرانے کے لیے شاخوں پر پتھر مارنے شروع کر دیے۔ گگی اور گگو بہت گھبرائے۔ وہ خود تو اُڑ گئے لیکن سوچنے لگے کہ اگر کوئی پتھر ان کے گھونسلے کو آن لگا تو وہ تباہ ہو جائے گا۔ اور یہی ہوا۔ شام کے قریب جب لڑکے جامنوں سے جھالیاں بھر کر چلے گئے تو گگی اور گگو واپس آئے۔ گگی نے جب اپنا گھونسلا دیکھا تو اس کی ننھی ننھی آنکھوں سے آنسو نکل آئے۔ گھونسلے کے بجائے شاخ پر ایک چھوٹی سی رسی پڑی تھی جسے گگو کہیں سے اٹھا لایا تھا اور جسے اس نے اپنے گھونسلے میں رکھ دیا تھا۔

افسوس تو گگو کو بھی ہوا مگر اس نے آنسو نہیں بہائے۔

"ہمارا گھر تو تباہ ہوگیا ـــ اب ہم کیا کریں گے؟" گگی نے روتے ہوئے کہا۔

"گھر تباہ ہو گیا ہے ـــ پر ہم زندہ ہیں اور گھر بنالیں گے۔" گگو نے اُسے تسلی دیتے ہوئے کہا۔

وہ رات انھوں نے اسی شاخ پر کاٹی۔ گگی کو اپنے گھونسلے کے تباہ ہو جانے کا بہت افسوس تھا۔ بچاری ساری رات سو نہ سکی۔ صبح ہوئی تو انھوں نے ناشتا کیا اور وہاں سے کچھ دور ایک اور درخت پر گھونسلا بنالیا۔ یہ درخت آم کا تھا۔ یہاں بھی یہی کچھ ہوا۔ اس کے بعد گگو نے سوچ کر کہا "گگی! شہر کے باغوں میں تو پھلوں کے درخت ہوتے ہیں ـــ تجھے یاد ہے بہت پہلے ہم نے اپنا گھونسلا ایک پیپل کے پیڑ پر بنایا تھا۔"

"ہاں۔ وہاں ہمارے انڈے ایک نامُراد کوا کھا گیا تھا۔" گگی نے بڑے افسوس سے کہا۔

گگو بولا۔ "اب کے ہم جنگل کے کسی درخت پر اپنا گھر بنائیں گے۔ دیکھ لینا وہاں ہمیں بڑا آرام ملے گا۔"

گگی کو یہ بات پسند نہیں تھی۔ اصل میں وہ بڑی مایوس ہو چکی تھی۔ اس لیے سمجھتی تھی کہ اگر جنگل میں جاکر گھر بنائیں گے تو وہاں بھی آرام نہیں ملے گا، مگر گگو بڑی ہمت والا چڑا تھا۔ وہ نا امید نہیں ہوا تھا۔ چناں چہ ایک روز دونوں اُڑے۔ اُڑتے گئے، اُڑتے گئے اور ایک جنگل میں پہنچ گئے۔ وہاں گگو کی نظر ایک ایسے درخت پر پڑی جو سارے درختوں سے اونچا تھا اور جس کی شاخیں چاروں طرف پھیلی ہوئی تھیں۔ وہ اس قدر تھک چکے تھے کہ فوراً اس کی ایک شاخ پر بیٹھ گئے اور تھکاوٹ کی وجہ سے سو گئے۔ جب ان کی آنکھ کھلی تو صبح ہو چکی تھی اور انھیں سخت بھوک لگی تھی۔ دونوں خوب گہری نیند سو کر اپنی تھکاوٹ دور کر چکے تھے اس لیے پیٹ بھرنے کے لیے وہاں سے اُڑے۔ تھوڑی دُور ہی گئے ہوں گے کہ انھیں ایک کھیت دکھائی دیا جس کی مٹی میں ابھی ابھی بیج ڈالا گیا تھا اور بہت سے بیج اوپر پڑے تھے۔ انھوں نے بیج کھا کر پیٹ بھرا تو گھر بنانے کی سوجھی اور اسی وقت کام شروع کر دیا۔

آخر گھر بن گیا۔ یہاں نہ لڑکے آ سکتے تھے نہ کوئی مالی پھل کی حفاظت کے لیے انھیں اُڑ جانے پر مجبور کر سکتا تھا۔ پاس کھیت بھی تھا۔ انھیں یہ بھی کوئی دقت نہیں تھی کہ کھائیں گے کیا۔ لیکن ایک بات سوچ سوچ کر وہ بہت اُداس ہو جاتے تھے۔ شہر کے جس باغ میں انھوں نے گھر بنایا تھا وہاں اور گھر بھی تھے۔ کسی گھر میں چڑیوں کا کنبہ آباد تھا، کسی میں بلبلوں کا اور کسی شاخ پر توتے آ بیٹھتے تھے۔ آپس میں باتیں ہوتی رہتی تھیں، لیکن یہاں جنگل کے اس درخت پر سوائے اُن کے اور کسی پرندے کا کوئی گھونسلا نہیں تھا۔ ہر روز وہی باتیں ہوتی رہتی تھیں جن میں اب انھیں کوئی دل چسپی نہیں تھی۔ اُداس گگو بھی تھا مگر گگی تو بہت ہی اُداس رہتی تھی اور ہر روز گگو سے کہتی تھی۔

"گگو! یہ تم مجھے کہاں لے آئے ہو۔ میں تو بڑی گھبرا گئی ہوں۔"

گگو کہتا، "گگی! دیکھو یہاں ہمیں کتنا آرام ہے۔ اپنی مرضی سے اُڑتے ہیں، اپنی مرضی سے واپس آ جاتے ہیں۔ کھانے پینے کی بھی کوئی تکلیف نہیں ہے۔"

"تو اس سے کیا ہوتا ہے؟" گگی کہتی، "ہمارے سوا یہاں اور کوئی ہے ہی نہیں۔ کس سے باتیں کریں۔ کس سے دل بہلائیں؟"

ایک صبح گگو نے دیکھا کہ گگی بہت ہی اُداس ہو گئی ہے اور وہ یہ سوچ کر بہت اُداس ہو گئی

تھی کہ جب اُس کے بچہ ہوگا تو اُسے دیکھنے کے لیے کوئی بھی اس کے گھر نہیں آئے گا اور یہ بچہ جب بڑا ہوگا تو کس سے کھیلا کرے گا ؟

گگو اس کی اُداسی کی وجہ خوب جانتا تھا۔ کہنے لگا،

"گگی !"

"جی !"

"آج تو تم بہت اُداس ہو۔ لیکن چند روز بعد تمھاری اُداسی دور ہو جائے گی۔"

"وہ کیسے ؟" گگی نے بے تاب ہو کر پوچھا۔

"یہ بات میں ابھی نہیں بتاتا۔ مجھے تھوڑی دیر کے لیے جانے دو۔"

"کہاں ؟"

"یہ بات بھی میں نہیں بتاتا، دیکھو تو ہوتا کیا ہے ؟"

اور ہوا یہ کہ گگو شہر جا کر اپنی ایک بہن اور اس کے کنبے کو لے آیا۔ اس کنبے نے اس درخت پر اپنا گھر بنا لیا۔ دوسرے روز گگی چلی گئی اور وہ اپنے بھائی اور بھاوج کو لے آئی۔ انھوں نے بھی وہیں گھر بنا لیا۔

پورا ایک ہفتہ بھی نہیں گزرا تھا کہ گگو اور گگی کے گھر کے آس پاس اور کئی گھر بن گئے۔ سب اتفاق اور محبت سے رہتے تھے۔ گگی کے ہاں بچہ ہوا تو سب نے اسے مبارک باد دی اور وہ اتنی خوش ہوئی۔ اتنی خوش ہوئی کہ اسے شکریہ ادا کرنے کے لیے بھی مناسب لفظ نہ مل سکے۔

بڑے آرام سے وہ سب کے سب زندگی بسر کر رہے تھے۔ آپس میں باتیں کرتے تھے، ہنستے تھے اور رات کو مزے سے سو جاتے تھے۔ انھیں کوئی فکر نہیں تھی، کسی قسم کی پریشانی نہیں تھی۔

ایک روز وہ سب اپنے گھونسلے سے نکل کر کھیت کے کنارے دھوپ سے لطف اُٹھا رہے تھے کہ انھوں نے چند آدمیوں کو دیکھا۔

جب سے وہ جنگل میں آئے تھے۔ یہ پہلا موقع تھا کہ ان کی نظر ان درختوں کی جانب آتے ہوئے آدمیوں پر پڑی تھی۔

وہ آدمی ایک طرف چلے جا رہے تھے اور پھر کھڑے ہو کر باتیں کرنے لگے۔

"گگو دیکھ رہے ہو ؟" گگی نے کہا۔

"ہاں دیکھ رہا ہوں۔"

"یہ لوگ یہاں کیوں آئے ہیں؟"

گگو گگی کے یہ لفظ سن کر ہنس پڑا۔

"گگی! تم کیسی پاگل ہو — کوئی یہاں آئے یا نہ آئے ہمیں اس سے کیا واسطہ؟"

"کوئی بات ہونے والی ہے گگو۔" اور گگی نے ٹھیک ہی کہا تھا۔ وہ آدمی دوسرے دن بھی آئے اور ان کے گھونسلوں والے پیڑ کے نیچے کھڑے ہو کر دیر تک باتیں کرتے رہے پھر انھوں نے اس پیڑ اور آس پاس کے کئی پیڑوں پر ایک سفید سی چیز سے سفید نشان لگا دیے اور چلے گئے۔ ان کے جاتے ہی ساری چڑیاں اور چڑے نیچے آ گئے اس سفید نشان کو دیکھنے لگے جو ہر پیڑ کے

تنے پر نظر آرہا تھا۔

"اس سفید نشان کا مطلب کیا ہے؟ ہر چڑیا اور چڑا دل میں سوچ رہے تھے۔ گگو کو اس کی کوئی فکر نہیں تھی۔ وہ کہہ رہا تھا:

"تم لوگ پاگل ہو گئے ہو۔ کیا دیکھ رہے ہو؟ — اِس نشان کا ہم سے کیا تعلق ہے بھلا!"

ایک صبح وہ ناشتے کی تیاری کر رہے تھے کہ وہاں ایک ہُدہُد آ گیا۔

"غور سے میری بات سنو!" وہ اونچی آواز میں بولا۔

سب ناشتا بھول کر اس کی طرف متوجہ ہو گئے۔

"سنو! میں تمھیں ایک بڑی افسوس ناک خبر سنانے آیا ہوں۔"

سب کے دل دھڑکنے لگے۔

"یہ تمام پیڑ جن پر سفید نشان لگائے گئے ہیں... کاٹ دیے جائیں گے۔"

سب کے چہرے ایک دم زرد پڑ گئے۔ صرف گگو کا چہرہ ویسے کا ویسا رہا۔

"کیوں؟" گگو نے پوچھا۔

"وہ اس وجہ سے کہ یہاں سے نہر کا پانی بہانا ہے۔ دوسری طرف جو کھیت ہیں انھیں جو نہر پانی پہنچاتی تھی وہ سوکھ گئی ہے — انھیں اس نہر سے پانی ملے گا۔"

ہُدہُد جانے لگا تو صرف گگو نے اس کا شکریہ ادا کیا۔ کسی اور میں بولنے کی ہمت ہی نہیں تھی۔ وہ اسی طرح بالکل نا امید ہو کر بیٹھے رہے۔ آخر گگو نے ان سے مخاطب ہو کر کہا۔

"میں جو کچھ پوچھتا ہوں اس کا جواب دو۔ بولو دو گے جواب!"

سب کے سب خاموش بیٹھے رہے۔ کسی نے بھی ہاں نہ کہی۔

گگو نے پوچھا،

"بتاؤ: کیا ہمارے پَر ٹوٹ گئے ہیں؟"

وہ ویسے ہی چُپ چاپ بیٹھے رہے۔

"میں پوچھتا ہوں۔ جواب دو، کیا ہمارے پَر ٹوٹ گئے ہیں؟"

"نہیں" دو تین آوازیں آئیں۔

گگو نے دوسرا سوال پوچھا،

کیا ہمارے پروں میں اُڑنے کی ہمت نہیں رہی ؟"

سب کے سب ایک دوسرے کا مُنہ دیکھنے لگے۔

"جواب دو، ہاں کہو یا نہیں ؟"

"ہمت ہے"۔ اب کے بھی دو تین آوازیں بلند ہوئیں۔

گگو بڑے جوش سے بولا،

"جب ہمارے پر سلامت ہیں، جب ہمارے بازوؤں میں اُڑنے کی ہمت ہے تو نا امید ہونے کی وجہ کیا ہے۔ یہ جنگل بہت وسیع ہے۔ یہ دُنیا بڑی لمبی چوڑی ہے۔ ہم اُڑ کر کہیں بھی جا سکتے ہیں۔ جہاں جائیں گے اپنے گھر بنا لیں گے۔ اٹھو۔ ہمت نہ ہارو۔ اٹھو۔ ابھی اُٹھو۔"

اور وہ سب کے سب اُڑنے لگے۔ گگو ان کے آگے آگے اُڑا جا رہا تھا۔ اور اسی شام انھوں نے ایک درخت کا انتخاب کر لیا اور وہ اس کی شاخوں پر بیٹھ گئے۔ اور نئے گھر بنانے کے بارے میں سوچنے لگے۔

پتّھر کی گواہی

عشرت رحمانی

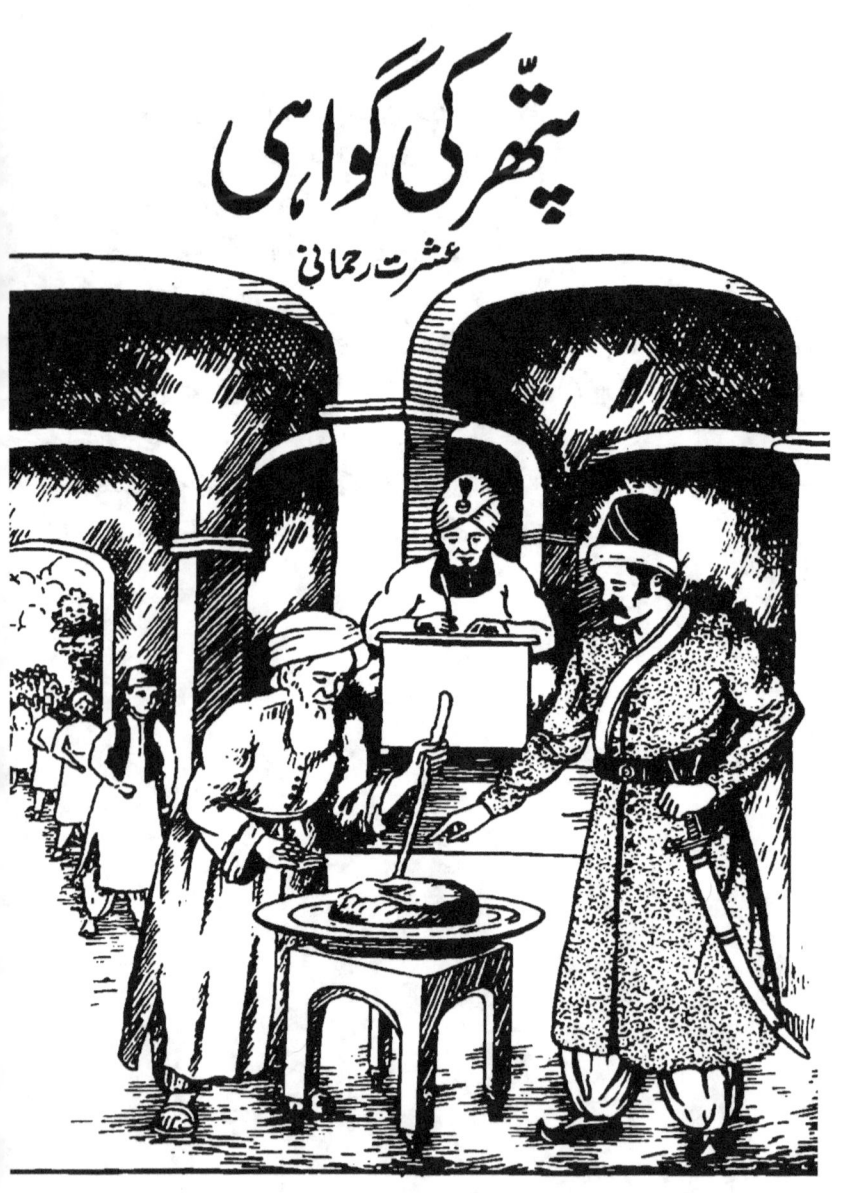

حاکم نے کہا کہ اصل بات یہ ہے کہ پتھر ایک بے جان چیز ہے.... اس بے جان چیز کی زبان نہیں نہ آنکھیں ہیں جو یہ کسی کو پہچان کر گواہی یا ثبوت پیش کر سکے، البتہ انصاف اور قانون کی آنکھیں بے گناہ کو پہچان کر اس کے بارے میں صحیح فیصلہ کر سکتی ہیں۔

پرانے زمانے کا ذکر ہے کسی گاؤں میں ایک زمیندار تھا جو اپنی بیوی کے ساتھ آرام چین سے زندگی بسر کرتا تھا۔ اس کے پاس زمینیں، ہل اور بیل سبھی کچھ تھا۔ گاؤں کے کسان، مزارعے اس کی کھیتی باڑی کا کام کیا کرتے اور وہ آرام سے گھر میں بیٹھا نوکروں چاکروں پہ حکم چلایا کرتا اور اچھے اچھے کھانے پکوا کر کھاتا رہتا۔

یہ زمیندار اپنے نوکروں اور کسانوں پر بہت سختی کیا کرتا۔ سب لوگ اس سے ڈرتے کسی کی ہمت نہ تھی جو اس کی مرضی کے خلاف کوئی بات کر سکیں، لیکن اس کی بیوی بہت رحم دل اور نیک تھی۔ اسے غریب کسانوں کی حالت پر بہت ترس آتا اور ہمیشہ زمیندار کو منع کرتی کہ وہ نوکر چاکر اور کسانوں کے ساتھ برائی اور سختی کا سلوک نہ کرے، لیکن وہ عادت سے مجبور تھا اور کہا کرتا کہ یہ لوگ اسی لائق ہیں۔ جب تک ان کے ساتھ سختی سے پیش نہ آیا جائے یہ ٹھیک نہیں رہ سکتے۔ اگر ذرا بھی ان کے ساتھ نرمی برتی گئی تو یہ سر پر چڑھ جائیں گے اور کام نہیں کریں گے۔ غرض کہ زمیندار سے لوگ بہت تنگ آئے ہوئے تھے اور بیوی سے سب خوش تھے۔

زمیندار کے ایک لڑکا بھی تھا جس کا نام تھا مراد۔ یہ عمر میں چھوٹا تھا۔ ایک مرتبہ برسات کے موسم میں بارش نہیں ہوئی۔ کھیتوں کو پانی بہت کم ملا، کیوں کہ نہر وہاں سے بہت دور تھی اور کنویں سے کھیتوں کو جو پانی دیا جاتا تھا وہ برسات کے پانی کے برابر نہ تھا۔ آخر کھیت خشک ہونے لگے۔ زمیندار نے کسانوں کو ڈانٹنا شروع کر دیا کہ تم سب کام چور ہو۔ کھیتوں کو پانی نہیں دیتے۔ سارے کھیت خشک ہو گئے۔ اناج کم ہوگا تو میں تم کو سخت سزا دوں گا۔ اور سب کسانوں کو حکم دیا کہ نہر سے جس طرح ہو سکے خواہ کتنی محنت کرنی پڑے پانی لا کر کھیتوں کو ضرورت کے مطابق پانی دو۔ کسانوں کو اس پر سخت محنت کرنی پڑی اور دور سے

پانی سر پر رکھ کر لانا پڑا۔ پھر بھی ضرورت کے مطابق پانی نہیں مل سکا ۔ اب زمیندار نے ان لوگوں کو دن رات کام کرنے کو کہا۔ ان پر اتنے ظلم کیے کہ کھانے پینے اور آرام کرنے کا وقت بھی نہ ملتا تھا۔ کہتے ہیں ظلم اللہ پاک کو سخت ناپسند ہے۔ نتیجہ یہ ہوا کہ زمیندار کے کھیت زیادہ سے زیادہ محنت مشقت کرنے کے باوجود اچھی طرح نہیں پھلے پھولے اور سب کے سب پانی دینے کے باوجود خود بخود خشک ہو گئے۔ زمیندار نے کسانوں کو اس کا قصوروار ٹھہرایا اور جو کم سے کم اناج پیدا ہوا سارے کا سارا اکٹھا کر اپنے قبضے میں کر لیا۔ کسانوں کو ایک مٹھی اناج نہ دیا اور نہ ان کو مزدوری دی۔ بچارے غریب بھوکے مرنے لگے۔ ان کے بیوی بچے سب کے سب بھوک سے بلکتے رہے، مگر زمیندار نے ذرا بھی پروا نہ کی۔ آخر وہ بچارے گاؤں چھوڑ کر کسی اور گاؤں کو چلے گئے اور دوسرے زمینداروں کے پاس کام کرنے اور اپنا پیٹ پالنے لگے۔ زمیندار کی بیوی نے زمیندار کو سمجھایا کہ دیکھو ظلم کرنا اچھا نہیں ہوتا۔ ہماری کھیتی اس لیے خراب ہوئی ہے کہ تم اپنے کسانوں پر بہت ظلم کرتے ہو، اس لیے اللہ پاک کے حکم سے ہماری کھیتیاں خشک ہو گئیں اور دوسرے لوگوں کے کھیتوں میں بارش نہ ہونے کے باوجود اتنا کم اناج پیدا نہ ہوا۔

زمیندار بیوی سے بھی بہت ناراض ہوا کہ تم مجھ کو ظالم کہتی ہو۔ ان کسانوں کے کام نہ کرنے کی وجہ سے مجھے یہ نقصان ہوا ہے۔ یہ سب کام چور ہیں۔ اب زمیندار نے ہر چند کوشش کی کہ دوسرے کسان اس کے کھیتوں میں کام کریں، لیکن زمیندار کی بدمزاجی اور ظلم دیکھ کر کسی نے اس کا کام کرنے کا ارادہ نہیں کیا۔ آخر سارے کھیت بے کار ہو گئے اور اگلی فصل میں ان کے کھیتوں میں کوئی اناج نہ بویا جا سکا۔ کچھ دنوں بعد اس کے بیلوں میں ایسی بیماری پھیلی کہ وہ سب کے سب مر گئے۔ سارے ہل بے کار ہو گئے۔ ہوتے ہوتے اس کے پاس جو روپیہ جمع تھا وہ کھانے پینے میں خرچ ہوتا رہا اور اسے اپنے ہل بیچنے پڑے، تاکہ گھر کا خرچ چلا سکے۔ اب اس کے پاس کھانے کو کچھ نہ رہا اور مجبوراً گھر کا سامان بیچ کر گزر بسر کرنی پڑی۔ اس کی بیوی نے اس سے کہا، "تمھیں اللہ پاک سے توبہ کرنی اور کسانوں سے اپنے ظلم کی معافی مانگنی چاہیے۔ کیوں کہ یہ ساری سزا اللہ کی طرف سے ملی ہے۔ زمیندار اس بات کو ماننے کے لیے تیار نہ تھا۔ چوں کہ وہ شروع سے خود اپنے ہاتھ سے کوئی کام کاج کرنا نہیں جانتا تھا اور

نہ اسے محنت کی عادت تھی، اس لیے اس نے سوچا کہ اپنے بیٹے سے محنت مزدوری کرائے۔ اس کی عمر ابھی بہت کم تھی۔ وہ صرف بارہ برس کا تھا۔ اس نے پڑھنا لکھنا تھوڑا بہت سیکھا تھا، مگر ہل چلانے اور کھیتی باڑی یا کوئی اور کام کرنے کے قابل نہ تھا۔ زمیندار کی بیوی نے اپنے خاوند سے کہا کہ میں جو تھوڑا بہت زیور رہ گیا ہے یہ بیچے ڈالتی ہوں اور ہم شہر جا کر کوئی تجارت شروع کیے دیتے ہیں، اس طرح تھوڑی بہت روٹی کھانے کو ملنے لگے گی۔ زمیندار کوئی کام بھی کرنے کے لیے تیار نہ تھا۔ اس نے کہا کہ لڑکا اب بڑا ہو گیا ہے، ہم اسے کہیں نوکر کرائے دیتے ہیں۔ زمیندار کی بیوی اس بات پر رضامند نہ ہوئی۔ اسی زمانے میں زمیندار بہت بیمار ہو گیا۔ اس کے علاج کے لیے روپے پیسے کی ضرورت تھی۔ آخر مجبور ہو کر بیوی نے دوا دارو کے لیے سارا زیور ایک ایک کر کے بیچ ڈالا۔ مگر زمیندار کو صحت نہ ہوئی۔ زمیندار کی بیوی اللہ پاک کے حضور نماز پڑھ کر رو رو کر گڑگڑاتی اور دعا کرتی کہ یا اللہ، تو میرے میاں پر رحم کر، اس کی خطا معاف کر دے اور اس کو صحت بخش دے۔

یہ نیک بی بی تو اچھے دن دیکھنے اور آرام سے زندگی بسر کرنے کے بعد اب غریبی اور پریشانی کے زمانے میں اس حد تک بھی تیار تھی کہ گاؤں میں کسی کے گھر کام کاج یا کپڑے سی کر محنت مزدوری سے گھر کے خرچ اور خاوند کے دوا علاج کے لیے تھوڑا بہت کما لے۔ لیکن مشکل یہ تھی کہ اکیلے گھر میں بیمار خاوند کو چھوڑ کر کسی کے گھر محنت مزدوری کرنے کیسے جا سکتی تھی؟ لوگ اسے قرض ادھار بھی کب تک دیتے اور وہ بے چاری قرض بھی لیتی تو کس امید پر، کیوں کہ ادھار لے کر اس کے ادا کرنے کے لیے کہاں سے آتا۔

اس نے سوچنا شروع کیا کہ کیا کرے اور کس طرح گھر کا خرچ چلائے؟ آخر اس کے دل میں ایک خیال آیا۔ اس نے سوچا کہ وہ گھر میں میٹھی روٹی کی ٹکیاں پکائے اور لڑکے کو دے کر گاؤں میں گھر گھر بیچنے کو کہے۔ اس سے کچھ پیسے ہاتھ میں آنے کی امید ہو گئی۔

اس نے لڑکے سے پوچھا کہ کیا وہ یہ کام کر سکے گا۔ بیٹا اب سمجھ دار ہو گیا تھا۔ ماں کی پریشانی اور باپ کی بیماری دیکھ کر وہ خود بہت پریشان تھا۔ اس نے جلدی سے خوشی خوشی یہ کام کرنے کی ہامی بھر لی۔

زمیندار کی بیوی نے علی الصبح میٹھی ٹکیاں پکانی شروع کر دیں۔ مراد صبح سویرے اُٹھتا۔ میٹھی ٹکیاں کپڑے میں باندھ کر ایک تھالی میں رکھ کے گاؤں کے بہت سے گھروں میں پھر کر بیچ ڈالتا اور پھر اس کام سے فارغ ہو کر گاؤں کے اسکول میں پڑھنے چلا جاتا۔

معلوم ہوتا ہے اللہ پاک نے اس نیک بیوی کی دعا قبول کر لی تھی۔ یہ میٹھی ٹکیاں خوب بکنے لگیں اور ان کو اب اتنی آمدنی ہونے لگی کہ کھانے پینے اور دوا علاج کے لیے پوری ہو جاتی۔

اب انھوں نے تھوڑا تھوڑا کر کے اتنا جمع کرنا بھی شروع کر دیا کہ کچھ قرض بھی ادا کرنے لگے۔ زمیندار کو تھوڑی بہت صحت بھی ہونے لگی۔ اس کی سمجھ میں بھی یہ بات آ گئی کہ اس نے نوکروں اور کسانوں کے جو دل دکھائے اور ان پر ظلم ڈھائے اسی وجہ سے وہ اسے چھوڑ کر چلے گئے اور اس پر جو مصیبت پڑی وہ بھی ان غریبوں کی بد دعا کا اثر ہے۔ اس نے توبہ کی اور اللہ پاک کے حضور معافی مانگی۔ وہ بیوی سے کہنے لگا کہ میں اچھا ہو جاؤں تو خود کوئی کام کاج کروں گا۔ ہر ایک کسان کے پاس جاؤں گا اور ان سے معافی مانگوں گا۔ واقعی میں نے ان کو بہت ستایا ہے۔ اس کی نیک بیوی اس بات سے بہت خوش ہوئی اور برابر خاوند کی صحت کی دعائیں مانگنے لگی۔

مراد اب اپنے کام میں ہوشیار ہو گیا تھا۔ اس نے اپنے گاؤں کے علاوہ آس پاس کے گاؤں میں بھی جانا شروع کر دیا۔ اس طرح اس کی میٹھی ٹکیوں کی اور زیادہ بکری ہوئی اور روز بروز آمدنی بڑھنے لگی۔

ایک دن مراد کسی قریب کے گاؤں سے ٹکیاں بیچ کر آ رہا تھا۔ راستے میں چلتے چلتے اسے پیاس لگی۔ اس کی بکری کی ساری رقم کاغذ میں لپٹی ہوئی تھی اور یہ کاغذ تھالی میں رکھا ہوا تھا۔ وہ اس تھالی کو ایک پتھر پہ رکھ کر پاس ہی تالاب میں پانی پینے چلا گیا۔ جب وہ پانی پی کر واپس آیا تو اس نے دیکھا کہ وہ تھالی وہاں سے غائب ہے۔ وہ بے حد پریشان ہوا۔ اس نے سوچا، ”اب میں اپنی ماں سے کیا کہوں گا اور وہ اس رقم کے غائب ہونے سے کتنی رنجیدہ ہو گی۔“ یہ سوچ کر وہ رونے لگا۔ اس نے بہت سوچا، مگر سمجھ میں نہ آیا کہ اس کی یہ رقم اور تھالی کون لے گیا اور کہاں غائب ہو گئی۔ آخر لاچار ہو کر وہ روتا دھوتا گھر لوٹ آیا اور اپنی

ماں کو سارا حال سنا دیا۔

بظاہر ماں نے اسے تسلی دی، لیکن دل میں واقعی بہت اُداس اور پریشان ہوئی۔ مرلو نے اسے بتایا کہ آج اس کی ٹکیوں سے بہت آمدنی ہوئی تھی۔ اس سے ماں کو اور بھی رنج ہوا۔ اس نے یہ سارا قصہ گاؤں کے مکھیا کو جا کر سنایا۔ وہ بہت نیک دل بوڑھا آدمی تھا۔ ان لوگوں کی مصیبت پر اس کو بھی بہت دکھ ہوا۔

اس گاؤں میں سرکار کی طرف سے ایک حاکم مقرر تھا جو آس پاس کے گاؤوں کی دیکھ بھال کرتا اور زمیندار سرکاری زمینوں کا جو لگان ادا کرتے وہ بھی یہی حاکم وصول کرتا تھا۔ گاؤوں میں جو جھگڑے ہوتے ان کا فیصلہ بھی وہی کرتا۔

مکھیا زمیندار کی بیوی کو اس حاکم کے پاس لے گیا، زمیندار ابھی تک چلنے پھرنے کے قابل نہیں ہوا تھا۔ وہ بہت کمزور ہو گیا تھا، اس لیے اس کی بیوی کو حاکم کے پاس لڑکے کو لے کر جانا پڑا۔ حاکم نے لڑکے کی ساری بات سنی اور اس کی ماں سے پوچھا کہ تم جو میٹھی ٹکیاں پکاتی ہو اس میں کوئی چکنائی، گھی یا تیل بھی ڈالتی ہو؟ اس نے کہا کہ جی ہاں، میں یہ ٹکیاں گھی میں پکاتی ہوں اور اسی لیے کاغذ میں لپیٹ کر تھالی میں رکھتی ہوں۔ حاکم نے ان کی ساری باتیں سن کر اس گاؤں اور آس پاس کے گاؤوں میں اسی وقت پیادے بھیج کر اعلان کرایا کہ آج حاکم کی عدالت میں ایک ایسے مقدمے کا فیصلہ کیا جائے گا جس میں پتھر کو چوری کے الزام میں گرفتار کر کے اس سے پوچھ گچھ کی جائے گی۔ سب لوگ اس مقدمے کی کارروائی سننے کے لیے عدالت میں آئیں اور وہاں آنے کی فیس بارہ آنے ادا کریں۔ ہر آدمی سے بارہ بارہ آنے وصول کیے جائیں گے۔

حاکم سے مکھیا اور زمیندار کی بیوی نے یہ بات سنی تو ان کو خیال ہوا کہ حاکم نے شاید یہ سوچا ہے کہ اس فیس سے جو رقم جمع ہو گی وہ اس رقم کے بدلے میں دے دے گا جو چوری ہوئی ہے، ورنہ پتھر سے کیسے پوچھ گچھ کی جا سکتی ہے۔ سارے گاؤوں کے لوگوں نے جب یہ اعلان سنا تو انھیں یہ خیال ہوا کہ شاید حاکم کے دماغ میں کچھ فتور آ گیا ہے جو وہ پتھر سے پوچھ گچھ کرنے کا ارادہ کر رہا ہے، لیکن اس حاکم کی نیکی، ایمان داری اور عقل مندی جگہ جگہ مشہور تھی، اس لیے سب کو بہت شوق ہوا کہ اس عجیب و غریب مقدمے کی کارروائی ضرور

دیکھنی چاہیے۔ گاؤں میں اعلان ہونے کے بعد مراد کے ساتھ حاکم نے ایک پیادے کو اس جگہ بھیجا جہاں پتھر تھا اور حکم دیا کہ اس پتھر کو گرفتار کر کے عدالت میں پیش کیا جائے۔ گاؤں والوں کو اس کی خبر ہوئی تو وہ اور بھی حیران ہوئے اور سوچنے لگے کہ واقعی حاکم پتھر سے پوچھ گچھ کریں گے۔

آخر سب گاؤں کے لوگ دوڑے دوڑے مقررہ وقت پر عدالت کے سامنے آکر جمع ہو گئے۔ تھوڑی دیر کے بعد حاکم عدالت کے باہر گیا اور اس نے سب لوگوں کو مخاطب کر کے اعلان کیا کہ پتھر سے پوچھ گچھ تو ہم نے کرلی ہے اور اس نے ہمیں اپنی بے گناہی کا یقین دلا کر کہا ہے کہ میں اس شخص کو پہچانتا ہوں جس نے یہ رقم چرائی ہے، اس لیے اب آپ میں سے ہر ایک باری باری اندر آئے گا۔ عدالت میں پتھر کے پاس پانی سے بھرا تشت رکھا ہے ہر شخص اپنی اپنی فیس کی رقم اس طشت میں ڈال کر اپنا بیان دے گا کہ آپ میں سے کسی نے یہ رقم نہیں چرائی ہے۔ اگر پتھر نے کسی کے خلاف آپ کے سامنے گواہی نہیں دی تو ہم اس پتھر کو سخت سزا دیں گے۔ یہ اعلان سن کر ہر ایک نے اپنے دل میں سوچا کہ بھلا پتھر بھی کہیں بول سکتا ہے۔ حاکم نے یہ عجیب تماشا مچا رکھا ہے۔ بہر حال دیکھنا ہے کہ اس کا انجام کیا ہوتا ہے۔ حاکم اس کے بعد عدالت میں آکر اپنی جگہ بیٹھ گیا اور لوگ اس کے حکم کے مطابق قطار بنا کر باری باری اندر آنے لگے اور حاکم کے اعلان کے بموجب اپنی اپنی فیس کے پیسے تشت میں ڈالنے لگے۔

حاکم ہر ایک سے پوچھتا جاتا تھا کہ تم نے لڑکے کی رقم اڑائی ہے؟ جب وہ شخص انکار کرتا تو حاکم پتھر کی طرف مخاطب ہو کر پوچھتا، "بول رے پتھر، اس شخص کا بیان درست ہے؟" پتھر کوئی جواب نہ دیتا اور حاکم اسے علاحدہ کھڑا کر دیتا اور کہتا کہ تمھارا بیان ٹھیک ہے۔ پتھر نے تمھارے خلاف گواہی میں کچھ نہیں کہا، اس لیے تم بے گناہ ہو۔ یہ پتھر صرف اس وقت بولے گا جب یہ کسی شخص کو پہچان کر اس کی چوری کا ثبوت دے گا۔

لوگ اسی طرح آتے اور قطار در قطار کھڑے ہو کر یہ تماشا دیکھتے رہے۔ ان میں ہر ایک کو انتظار تھا کہ دیکھیں پتھر کیا بولتا ہے۔

بہت سے لوگ اسی طرح بے گناہ ثابت ہوتے رہے۔ آخر ایک شخص نے جوں ہی اپنی فیس کے پیسے تشت میں ڈالے حاکم نے اسے غور سے دیکھا اور پوچھا کہ کیا تم نے یہ

رقم لی ہے؟ اس نے انکار کیا۔

حاکم نے اٹھ کر تشت کو دیکھا اور پیادے کو حکم دیا کہ اس شخص کو گرفتار کر لیا جائے، کیوں کہ پتھر نے گواہی دی ہے کہ اس نے اس شخص کو یہ رقم اٹھاتے دیکھا ہے اور جو ثبوت اس نے پیش کیا ہے وہ ہم ابھی آپ لوگوں کے سامنے بیان کرتے ہیں۔ پھر سب لوگوں کو اندر بلا لیا اور ان سے کہا کہ پتھر نے اس شخص کو شناخت کر کے چور بتایا ہے، اس لیے ہم اسے حکم دیتے ہیں کہ لڑکے مراد کی ساری رقم فوراً واپس کر دے، ورنہ ہم اس کو قید کی سزا بھی دیں گے اور اس کے بل بیل ضبط کر کے انھیں فروخت کر دیں گے۔ اس سے مراد کی رقم ادا کی جائے گی۔ سب لوگ تعجب سے کبھی حاکم کو دیکھتے، کبھی پتھر کو اور کبھی اس شخص کو غور سے تکتے جس کے ہاتھوں میں رسیاں باندھی گئی تھیں۔

اس شخص نے بار بار چلّا کر اپنی بے گناہی کا یقین دلانا چاہا، لیکن حاکم نے کہا کہ تم اس طرح اپنے قصور کو نہیں مانو گے۔ ہم اب پتھر کا بتایا ہوا ثبوت تمھارے اور سب کے سامنے بیان کرتے ہیں۔ جسے سن کر اگر یہ سب لوگ بھی یقین کر لیں کہ واقعی تم نے ہی اس لڑکے کی رقم چرائی ہے تو ہم تم کو وہی سزا دیں گے جو ہم نے ابھی بتائی ہے۔ اس لیے بہتر ہے کہ تم اپنے ہل بیل سے ہاتھ دھونے کی غلطی نہ کرو اور اپنے جرم کا اقرار کر لو۔

آخر اس شخص نے اپنا قصور مان لیا۔ اس پر مکھیا نے حاکم سے پوچھا کہ اب آپ وہ ثبوت بھی بیان کر دیجیے جو پتھر کی گواہی سے آپ کو ملا ہے۔

حاکم نے کہا کہ اصل بات یہ ہے کہ پتھر ایک بے جان چیز ہے۔ آپ سب جانتے ہیں کہ اس بے جان چیز کی زبان نہیں اور نہ آنکھیں ہیں جو یہ کسی کو پہچان کر گواہی یا ثبوت پیش کر سکے، البتہ انصاف اور قانون کی آنکھیں اور زبان بے گناہ کو پہچان کر اس کے بارے میں صحیح فیصلہ کر سکتی ہیں۔

ہم نے پتھر کے چور ہونے اور گواہی دینے کی بات تو یوں ہی مشہور کی تھی۔ اصل بات یہ ہے کہ اس لڑکے مراد کی ٹکیاں چکنی تھیں۔ جس کاغذ میں وہ ٹکیاں لپیٹی گئی تھیں وہ چکنا ہو گیا تھا۔ مراد کے بیان کے مطابق اس نے اپنی بکری کی رقم اس چکنے کاغذ میں لپیٹ کر تھالی میں رکھی تھی، اس لیے اس رقم کے سارے پیسے چکنے ہو گئے ہوں گے۔ ہم نے سوچا تھا

کہ جس شخص نے یہ رقم چوری کی ہوگی اسے یقین ہوگا کہ تھیلی بے زبان ہے۔ وہ نہ اسے پہچان سکتا ہے اور نہ اس کے خلاف گواہی دے سکتا ہے۔ جب وہ فیس کے پیسے اس تشت میں ڈالے گا تو ان پیسوں کی چکنائی جو مراد کی چرائی ہوئی رقم میں سے ہوں گے پانی میں پڑتے ہی ان کی چکنائی پانی کی سطح پر تیرنے لگے گی۔ اس سے ثابت ہو جائے گا کہ چور کون ہے۔ اس شخص کے ڈالے ہوئے پیسوں کے علاوہ اور کسی کے پیسے ڈالنے سے پانی کی سطح پر چکنائی ظاہر نہیں ہوئی اور جب اس نے پیسے ڈالے تو فوراً ان کی چکنائی پانی کی سطح پر تیرتی نظر آنے لگی۔ اس طرح ہم نے یقین کر لیا کہ چور یہی ہے۔

مکھیا اور سب لوگ حاکم کی عقل مندی کی یہ باتیں سن کر حیران رہ گئے اور ہر ایک اس کے انصاف کی تعریف کرنے لگا۔ زمیندار کی بیوی اور مراد حاکم کو دعائیں دینے اور خدا کا شکر ادا کرنے لگے۔ پھر حاکم نے اس شخص کے ساتھ پیادوں کو اس کے گھر بھیج کر مراد کی ساری رقم منگوائی اور اسے واپس کرنے کے علاوہ فیس میں وصول کی ہوئی سب رقم بھی اسی کو دے دی۔ مراد کی خوشی کی انتہا نہ تھی۔

جب حاکم کے اس فیصلے کے بعد سب لوگ واپس چلے گئے تو حاکم نے زمیندار کی بیوی سے دریافت کیا کہ تم یہ ٹکیاں پکا کر اس لڑکے کے ہاتھ کیوں بیچنے بھیجتی ہو۔ تمھارا خاوند کہاں ہے اور کیا کام کرتا ہے؟ زمیندار کی بیوی پہلے چپ رہی پھر اس نے آنکھوں میں آنسو بھر کر اپنی ساری کہانی حاکم کو سنا دی۔ حاکم نے زمیندار کی بیوی اور مراد کی ہمت اور محنت کی بہت تعریف کی اور لگان کی جمع ہونے والی سرکاری رقم میں سے اس کے قرضے کی ساری رقم ادا کر دی۔
اس کے علاوہ حاکم نے زمیندار کی بیوی کو امداد کے طور پر کچھ اور رقم بھی دی تاکہ وہ اس سے اپنے شوہر کا اچھی طرح علاج کرا سکے اور کہا کہ جب وہ تن درست ہو جائے تو اس کو ہمارے پاس بھیجو۔ ہم سرکاری قرضہ دے کر اسے ہل، بیل اور کھیتی باڑی کا سارا سامان خرید وا دیں گے۔
مراد سے کہا کہ اب تم ٹکیاں بیچنے نہ جایا کرو، بلکہ اپنا سارا وقت پڑھنے لکھنے میں صرف کرو۔ ہم تمھاری ہمت دیکھ کر تم سے بہت خوش ہوئے ہیں۔

زمیندار کی بیوی اور مراد حاکم کو دعائیں دیتے خوشی خوشی اپنے گھر چلے گئے اور زمیندار کو سارا واقعہ سنایا۔ وہ بھی سن کر خوش ہوا اور کہنے لگا کہ خدا کا شکر ہے اس نے میری خطائیں معاف کر دی

ہیں۔اب میں اچھا ہوتے ہی سب سے پہلے ان کسانوں سے اپنی پچھلی بدسلوکی کی معافی مانگوں گا اور انھیں مناکر واپس اپنے ساتھ کام کرنے کو لاؤں گا۔اس کے بعد قرضہ لے کر نئے سرے سے اپنا کام شروع کروں گا۔آیندہ میں کسی کے ساتھ کبھی سختی سے یا برائی سے پیش نہ آؤں گا۔

آخر کار تھوڑے دنوں بعد زمیندار بالکل تن درست ہو گیا اور کسانوں کو قصور معاف کرا کے، منا کر اپنے گاؤں واپس لے آیا۔مراد اسکول میں پڑھنے جاتا اور گھر پر اپنا سارا وقت لکھنے پڑھنے میں گزارتا۔اس طرح زمیندار اور اس کے خاندان کے دن پھر گئے اور وہ اپنی حالت کے موافق خوشی خوشی آرام وچین کی زندگی بسر کرنے لگے۔اب زمیندار بہت نیک ہو گیا تھا۔اس کے سارے نوکر چاکر اور کسان و مزارع اس کے اچھے برتاؤ سے بہت خوش تھے۔

علی اسد

ہمدرد منزل

دو لڑکیاں اپنی خالہ کے ساتھ سوئٹزرلینڈ میں چھٹیاں گزارنے گئی ہوئی تھیں۔ ایک لڑکی کا نام تھا این اور دوسری کا نام تھا ایٹی۔ ان دونوں کا وقت بڑی اچھی طرح گزر رہا تھا، مگر اسی ہوٹل میں ایک اور لڑکی بھی آگئی جس کی وجہ سے ذرا رنگ میں بھنگ ہو گیا۔ اس لڑکی کا نام نورا تھا۔ وہ اپنے باپ کے ساتھ آئی تھی۔ اس کے باپ کا نام تھا پارکر۔ ان پارکر صاحب نے این اور ایٹی کی خالہ کو اپنے لچھے دار باتوں سے متاثر کر رکھا تھا، اس لیے نورا اپنے باپ کے اس اثر سے ان دونوں لڑکیوں پر خوب رُعب جمایا کرتی تھی۔ یہ لڑکیاں تمیز دار تھیں اور اپنی خالہ کو ناراض نہیں کرنا چاہتی تھیں، اس لیے نورا کی وجہ سے جو بھی حکم خالہ صاحبہ

دیتی تھیں وہ بے چاریاں بلا چون وچرا اس کو قبول کر لیتی تھیں۔ مگر وہ دل ہی دل میں نورا سے بدظن ہوتی جارہی تھیں۔

ایک روز ناشتے کے بعد این اور ایٹی پیروں میں لمبی لمبی لکڑیاں باندھ کر برف پر پھسلنے کی مشق کر رہی تھیں کہ اتنے میں ایٹی بولی "کتنی مزے دار زندگی ہے یہاں سوئٹزرلینڈ میں، نہ کوئی فکر نہ کوئی کام"۔ اس پر این بولی "ہاں اس وقت اس لڑکی نورا سے خوب نجات ملی۔ ہر وقت ہم دونوں پر اپنا حکم چلاتی رہتی ہے۔ خالہ اس کے والد کی ذرا عزت کرنے لگی ہیں کہ یہ ہم لوگوں کو اپنا غلام سمجھنے لگی ہے"۔

ابھی یہ دونوں کچھ ہی دُور گئی تھیں کہ ایک موڑ پر انھیں ایک خالی برف گاڑی آتی دکھائی دی۔

ایٹی بولی "دیکھو این، یہ برف گاڑی خالی چلی آرہی ہے!" این نے کہا "ارے یہ تو عجیب بات ہے۔ بہتر ہے کہ اسے روک لو۔ چناں چہ دونوں لڑکیوں نے لپک کر اس گاڑی کو روک لیا۔ اب جو انھوں نے اس گاڑی پر ایک پارسل بندھا دیکھا تو وہ اور بھی حیران ہوگئیں۔ این بولی "ارے اس پارسل پر تو ایک پرچا بھی بندھا ہوا ہے"۔ پھر وہ جھک کر اسے پڑھنے لگی اور مزید حیرت زدہ ہو کر بولی "یہ تو ہمارے ہی نام ہے!"

ایٹی نے کہا "ہمارے نام؟ مگر ہمیں کون بھیجے گا"۔

پرچے پر لکھا تھا "میری انگریز سہیلیوں کے نام، مہربانی کر کے اس پارسل کو حفاظت سے رکھ لو، کیوں کہ میں بڑی مصیبت میں مبتلا ہوں۔ جب تم کسی اونچے درخت پر سبز جھنڈا لہراتا دیکھو تو پارسل لے کر اس درخت کے پاس آجانا۔ پھر میں تم کو سب کچھ بتادوں گی۔ میرے اس راز کو اپنے تک ہی رکھنا، تمھاری ٹروڈی"۔

این نے کہا "ارے یہ تو وہی لڑکی ہے جو تحفے بھیجتی ہے اور جس سے ہماری چند روز سے دوستی ہو گئی ہے"۔

عین اسی وقت کسی نے بڑے تحکمانہ لہجے میں دور سے ان دونوں کو پکارا۔

"اچھا، تو دونوں یہاں ہو! مجھ سے چھپ کر چلے آنے کا بھلا کیا مطلب ہے۔ جبکہ تمھاری خالہ نے ہم سب کے لیے ساتھ ساتھ جانے کا انتظام کر رکھا تھا۔ یہ تمھارے ہاتھ میں پارسل

کیسا ہے ؟"

اینٹی نے این سے کہا "ارے یہ تو وہی نورا آگئی !

نورا جب قریب آگئی تو اُس نے پارسل لینے کے لیے ہاتھ بڑھایا۔ این نے پارسل بچاتے ہوئے کہا "اس سے تمھارا کوئی تعلق نہیں"۔

اتنی دیر میں اینٹی نے این کو آنکھ سے اشارا کیا۔ اس وقت نورا کی پشت اینٹی کی طرف تھی اور پھر اینٹی نے نورا کو ایک ایسا دھکا مارا کہ وہ قریب کھڑی ہوئی برف گاڑی پر اوندھی جاگری اور گاڑی برف پر پھسلتی ہوئی چل پڑی۔ نورا گاڑی پر اوندھی پڑے پڑے چلائی'

"تم کو اس کا بدلہ ملے گا"۔

این نے ہنستے ہوئے کہا "سنا تم نے ؟"

اینٹی بولی "یہ جو ہر بات میں ٹانگ اَڑاتی رہتی ہے اس کی یہی سزا تھی"۔

کچھ دور جا کر نورا برف گاڑی روک کر اُتر گئی اور ان دونوں کو غصے سے گھورتی رہی اور سوچتی رہی کہ ہو نہ ہو یہ وہی پارسل معلوم ہوتا ہے جس کے بارے میں ابا جان نے ذکر کیا تھا۔ جب وہ گاؤں سے واپس آئیں گے تو میں بتا دوں گی۔

ادھر دونوں لڑکیاں پارسل لے کر اپنے ہوٹل پہنچ گئیں۔

اینٹی نے کہا "معلوم ہوتا ہے یہ پارسل بڑی اہمیت رکھتا ہے، ابھی تو ٹروڈی نے اتنی عجیب و غریب درخواست کی ہے"۔

این بولی "ہم صرف اتنا کر سکتے ہیں کہ اس کو حفاظت سے رکھے رہیں۔ تاوقتیکہ اس سے ملاقات ہو۔ مگر ہم کو اس کے لیے بھی تیار رہنا چاہیے کہ یہ نورا کہیں دخل در معقولات نہ کرے"۔

اس طرف نورا نے اپنے باپ کو پارسل کے بارے میں بتا دیا۔ وہ بولے "نورا، وہ پارسل تو شاید وہی ہے جس کی تلاش میں کر رہا ہوں۔ اس سے پہلے کہ وہ لڑکی ٹروڈی اس پارسل کو ان لڑکیوں سے حاصل کر سکے اسے کسی نہ کسی طرح حاصل کر لو!"

کچھ دیر بعد این اور اینٹی اسکیٹنگ رنک پہنچ گئیں۔ نورا وہاں پہلے ہی سے موجود تھی۔ ان لڑکیوں کو وہاں دیکھ کر وہ سوچنے لگی کہ یہ دونوں تو یہاں دیر تک مگن رہیں گی۔

بڑا اچھا موقع ہے۔ پارسل کو یہ اپنے کمرے ہی میں کہیں رکھ آئی ہوں گی، لہٰذا جتنی دیر یہ لڑکیاں یہاں اسکیٹنگ کریں، اتنی دیر میں ان کے کمرے سے یہ پارسل چرا لیا جائے۔ چناں چہ وہ سیدھی ان لڑکیوں کے کمرے میں پہنچ گئی۔ وہاں اسے ایک بڑی سی الماری دکھائی دی۔ وہ سوچنے لگی کہ ہو نہ ہو یہ پارسل اسی الماری میں رکھا ہوگا۔ اتنا سوچ کر اُس نے الماری کا دروازہ کھول لیا۔ دروازے کا کھلنا تھا کہ اچانک اس کے سر پر ڈھیر بھر کوڑا کرکٹ گر پڑا۔ وہ گھبرا کر وہاں سے بھاگی۔ بات دراصل یہ ہوئی تھی کہ این اور ایٹی یہ سمجھ چکی تھیں کہ لورا پارسل تلاش کرنے کے لیے کمرے میں ضرور آئے گی، لہٰذا ان لڑکیوں کو ایک شرارت سوجھی۔ انھوں نے بہت سا کوڑا کرکٹ ایک ٹوکری میں بھر لیا اور اس ٹوکری کو الماری کے اوپر اس طرح سے رکھا کہ جب الماری کا دروازہ کھلے تو ٹوکری گر پڑے۔ چناں چہ لورا کے ساتھ بالکل یہی ہوا۔

۱۵ منٹ بعد لورا اسکیٹنگ رنک پہنچی۔ وہاں این اور ایٹی اسکیٹنگ کر رہی تھیں۔ لورا انھیں دیکھ کر دور ہی سے چلائی "تم نے جو جال بچھایا تھا اس سے کوئی فائدہ نہیں ہوا۔ تم کو ابھی اس کی سزا ملے گی جب تم اپنی خالہ کا سامنا کرو گی۔ جاؤ انھوں نے تمھیں فوراً بلوایا ہے۔"

این اور ایٹی نے لورا کی یہ بات جو سُنی تو وہ گھبرا گئیں اور سوچنے لگیں کہ لورا نے خدا جانے کیا شرارت کر رکھی ہے؟ بہر حال خالہ کا حکم ماننا تھا۔ دونوں جلدی جلدی اپنی اسکیٹنگ کے جوتے بدلنے لگیں۔ ابھی یہ جوتے بدل ہی رہی تھیں کہ ایٹی نے جو نظریں اٹھائیں تو وہ فوراً بول اُٹھی، "دیکھنا این وہ سامنے ٹروڈی کا جھنڈا لہرا رہا ہے۔"

چناں چہ دونوں لڑکیوں نے طے کیا کہ پہلے خالہ کی بات سُن لیں۔ اس کے بعد ٹروڈی کا پارسل لے جا کر اس کو دے دیں۔ انھوں نے احتیاطاً پارسل کو اپنے پاس نہیں رکھا تھا، بلکہ ہوٹل کے دفتر میں رکھوا دیا تھا۔ پھر یہ دونوں اپنی خالہ کے پاس چلی گئیں۔ مگر جوں ہی وہ کمرے میں داخل ہوئیں تو کیا دیکھتی ہیں کہ وہاں خالہ کے علاوہ مسٹر پارکر اور ان کی بیٹی لورا بھی موجود ہیں۔ لڑکیوں کو دیکھتے ہی خالہ برہم ہو کر بولیں، "این، ایٹی، مسٹر پارکر اور ان کی بیٹی سے مجھے تمھاری بداخلاقی کے بارے میں سُن کر بے حد افسوس ہوا۔"

اتنے میں مسٹر پارکر بولے "مجھے اندیشہ ہے کہ آپ کی صاحبزادیوں کو اس چالاک چور لڑکی نے دھوکے میں ڈال رکھا ہے۔ بات یہ ہے کہ ٹروڈی نامی ایک مقامی لڑکی نے میرا ایک قیمتی تحفہ چُرا لیا ہے۔ اس نے وہ پارسل ایک پہاڑی جھونپڑی میں چھپا رکھا تھا۔ آج صبح میں نے اسے پکڑ لیا، مگر وہ بچ کر نکل گئی اور اس نے پارسل کو آپ کو صاحبزادیوں کے پاس رکھوا دیا ہے تاکہ جب ہنگامہ ختم ہو جائے تو وہ اسے حاصل کر سکے۔"

یہ سن کر ایٹی بولی "یہ صحیح ہے کہ ہم نے پارسل لے لیا، مگر مجھے یقین ہے کہ ٹروڈی چور نہیں ہے۔"

این بھی بول اٹھی، "وہ چور ہرگز نہیں!"

خالہ بولیں، "بس، بس خاموش رہو۔ تم دونوں کو اس لونڈیا نے بے وقوف بنا رکھا ہے۔ بس وہ پارسل فوراً مسٹر پارکر کے حوالے کر دو۔"

لڑکیوں نے مجبوراً کہا، "بہت اچھا۔"

یہ کہہ کر وہ وہاں سے چلی گئیں اور انھوں نے ہوٹل کے دفتر سے پارسل لے لیا۔ ایٹی نے اپنے کمرے کی طرف جاتے ہوئے کہا "یہ تو انصاف کی بات نہیں ہے۔ مجھے یقین ہے کہ جب یہ پارسل ٹروڈی کا ہے تو پھر یہ اس بھیانک آدمی کو کیوں دیا جائے؟"

این بولی، "گھبراؤ نہیں ایٹی، میں نے ایک ترکیب نکال لی ہے۔ چلو اپنے کمرے میں چلیں!"

جب یہ اپنے کمرے میں پہنچ گئیں تو این نے وہ کاغذ جس میں پارسل لپٹا ہوا تھا کھول لیا۔ پھر این نے ایٹی سے کہا، "پارسل کا یہ سبز کاغذ اور اس کا ڈورا میں لیے لیتی ہوں۔ جلدی سے وہ دفتی کا ڈبہ لے آؤ جس میں ہمارے اسکیٹنگ کے جوتے رکھے ہوئے تھے۔

ایٹی وہ ڈبا اٹھا لائی اور بولی، "یہ لو، مگر تم کرنا کیا چاہتی ہو؟"

این نے پرانے رسالے اٹھاتے ہوئے کہا، "ان رسالوں سے نقلی پارسل کا وزن وہی ہو جائے گا جو اصل پارسل کا ہے۔ جب یہ نقلی پارسل اس سبز کاغذ میں لپٹ جائے گا تو نورا کے باپ کو کوئی فرق معلوم نہیں ہوگا!"

چناں چہ یہ لڑکیاں نقلی پارسل لے کر پہنچ گئیں اور اپنی خالہ کے سامنے اسے مسٹر پارکر کے حوالے کر دیا۔ وہ بڑی خوشی خوشی اس نقلی پارسل کو بغل میں دبا کر چلنے لگے۔ چلتے وقت خالہ سے بولے، "آپ نے بڑی عنایت کی۔ مجھے یہ دیکھ کر بڑی خوشی ہوئی کہ آپ کی صاحبزادیوں نے اپنی غلطی کا اعتراف کر لیا۔"

ادھر این اور ایٹی نے اپنے دل میں سوچ رہی تھیں کہ جب یہ حضرت پارسل کھولیں گے

تب انھیں پتا چلے گا کہ ہم لوگوں نے انھیں کیسا چرکا دیا ہے۔ تھوڑی دیر بعد دونوں لڑکیاں پیروں میں برف پر پھسلنے والی لکڑیاں باندھ کر اس پہاڑی جھونپڑی کی طرف روانہ ہو گئیں جہاں ٹروڈی منتظر تھی۔

دوسری جانب مسٹر پارکر نے اپنے کمرے میں پہنچ کر جب پارسل کھولا تو انھیں پتا چلا کہ لڑکیوں نے انھیں اُلّو بنا دیا۔ وہ اپنی بیٹی سے بولے، "نورا، ان لڑکیوں نے دھوکا دے دیا لیکن پارسل آخر گیا کہاں؟

نورا بولی، "میں نے ابھی ان دونوں کو اس پہاڑی جھونپڑی کی جانب جاتے دیکھا ہے۔ میرا خیال ہے وہ ٹروڈی سے ملنے جا رہی ہیں۔"

یہ سن کر مسٹر پارکر بولے، "پھر تو ہم کو جلدی کرنا چاہیے۔ اگر ٹروڈی کو وہ راز معلوم ہو گیا تو ہمارا سارا منصوبہ خاک میں مل جائے گا۔ چلو۔"

چناں چہ جس وقت مسٹر پارکر اپنی بیٹی کے ساتھ روانہ ہو رہے تھے۔ اسی وقت ٹروڈی ان دونوں لڑکیوں کا استقبال کر رہی تھی۔ وہ بولی، "تم دونوں سے مل کر مجھے بڑی خوشی ہوئی۔ اچھا تم میرا پارسل بھی لے آئی ہو؟" ایٹی بولی، "ہاں یہ پارسل ہے اب بتاؤ کہ یہ معاملہ

ہے کیا؟

ٹروڈی دونوں لڑکیوں کو لے کر جھونپڑی میں داخل ہوئی۔ پھر اس نے بڑی بے تابی سے پارسل کھولا۔ پارسل کے اندر ایک بڑی سی گھڑی نکل پڑی۔ ایٹی حیران ہو کر بولی، "ارے یہ تو ککو کلاک ہے!"

ٹروڈی نے کہا "ہاں جب گھڑی کی سوئیاں چھ بجائیں گی تو پھر اُس دولت کے بارے میں کچھ پتا چلے گا جو میرے دادا نے میرے لیے چھوڑی ہے۔"

بات یہ تھی کہ ٹروڈی کے دادا سیاحوں کی رہنمائی کیا کرتے تھے انھوں نے یہ گھڑی اس جھونپڑی میں چھپا رکھی تھی جہاں وہ بیمار پڑ گئے تھے۔ مسٹر پارکر کو کسی طرح اس چھپے ہوئے بکس کے بارے میں معلوم ہو گیا۔ چناں چہ ٹروڈی اس پُراسرار گھڑی کو حاصل کر چکی تو اس وقت مسٹر پارکر نے اس کا پیچھا کیا۔ ٹروڈی نے این اور ایٹی کو پہاڑ کے اوپر سے دیکھ لیا تھا، لہٰذا اس نے زچ ہو کر پارسل کو برف گاڑی میں باندھ دیا اور برف گاڑی کو برف برف پر ڈھکیل دیا۔ گاڑی پھسلتی ہوئی اس جگہ پر پہنچ گئی جہاں این اور ایٹی تھیں، انھوں نے اسے روک لیا اور خط اور پارسل کو نکال لیا۔

چناں چہ جب گھڑی میں چابی دے دی گئی اور اس میں چھ بجنے لگے تو گھڑی کے اوپر والے حصّے میں سے ایک مصنوعی چڑیا نکلی اور اس نے سر ہلا کر چھے بار کو کو کیا اور اسی کے ساتھ ساتھ اس کے نیچے سے ایک چور خانہ کھل پڑا۔ اس خانے میں ایک پرچا رکھا ہوا تھا۔ پرچے میں لکھا ہوا تھا کہ "پارکر نے ٹروڈی کے دادا کا روپیا چرانے کی کوشش کی تھی، اسی لیے دادا نے رُپے کو ایک جگہ چھپا دیا۔ ٹروڈی نے پرچہ پڑھ کر کہا "پرچے میں مجھے ہدایت دی گئی ہے کہ میں نیلی چوٹی والے غار پہنچوں۔"

عین اسی وقت دروازہ دھڑام سے کھلا اور پارکر اور نورا داخل ہوئے۔ این گھبرا کر بولی "ارے غضب ہو گیا، انھوں نے تو ساری باتیں سن لی ہوں گی۔"

پارکر بولا "ہاں ہم نے سب باتیں سُن لی ہیں۔ اب ہم فوراً اس غار تک پہنچتے ہیں اور وہاں جو خزانہ چھپا ہوا رکھا ہے اس کو حاصل کرتے ہیں۔"

یہ کہہ کر پارکر اور نورا وہاں سے روانہ ہو گئے جوں ہی دروازہ بند ہوا تینوں لڑکیاں

ان لکڑیوں کی طرف جھپٹ پڑیں جو برف پر کھیلنے کے لیے پیروں پر باندھی جاتی ہیں اور جنھیں اسکیز (SKIS) کہتے ہیں۔ پھر باہر نکل کر انھوں نے اپنے پیروں پر لکڑیاں باندھیں اور اُن نشانات پر چل پڑیں جو پارکر اور نورا کی لکڑیوں سے برف پر بن گئے تھے۔ کچھ دُور جا کر انھیں پارکر اور نورا دکھائی دیے۔ یہ لوگ ان کے پیچھے پیچھے تیزی سے پھسلتے گئے گئے، مگر ایک جگہ جا کر اُنھوں نے دیکھا کہ جو پُل وہاں تھا وہ ٹوٹ گیا۔ اب ایک طرف پہاڑی پر پارکر اور نورا تھے اور دوسری طرف یہ لڑکیاں درمیان میں بڑی گہری کھائی تھی۔ جو پل اس پر تھا اسے پار کرنے کے بعد توڑ ڈالا تھا۔

این نے پوچھا" یہ غار کتنی دور ہوگا؟"

ٹروڈی نے کہا" تقریباً آٹھ کیلو میٹر ہے۔ مجھے قریب کا ایک راستا معلوم ہے بشرطیکہ اس ندی کو ہم پار کر سکیں، مگر یہ تو اب ناممکن معلوم ہوتا ہے۔"

ایٹی نے کہا" گھبراؤ نہیں، آگے کہیں نہ کہیں ندی پار کرنے کی جگہ ہوگی۔ چلو کوشش کریں" چناں چہ یہ تینوں ندی کے کنارے کنارے آگے بڑھتی چلی گئیں۔ اچانک وہ ایک ایسی جگہ پر پہنچ گئیں۔ جہاں برف نے ایک پل بنا دیا تھا۔ این بولی" یہ دیکھو، قدرت نے ہمارے لیے کیسا پُل بنا دیا ہے۔ ہم لوگ اس پر سے پار ہو سکتے ہیں بشرطیکہ یہ ہمارا وزن برداشت کر سکے۔"

غرض یہ تینوں ایک ایک کرکے اس برف کے پُل پر سے گزرنے لگے۔ این اور ٹروڈی خیریت سے پُل پار کر گئیں، مگر ایٹی جب پل پار کرنے لگی تو برف کا پُل ٹوٹنے لگا۔ وہ گھبرا کر چلائی" ارے یہ تو کھسکا جا رہا ہے!" لیکن این نے عین اُسی وقت ایٹی کے ہاتھ والی لانبی لکڑی پکڑ لی جو وہ بڑھائے ہوئے تھی اور پھر این اور ٹروڈی نے ایٹی کو اپنی طرف گھسیٹ لیا اور وہ صحیح سلامت آگئی۔

پھر جب ایٹی اپنے اوسان دُرست کر چکی تو تینوں تیزی سے نشیب کی جانب برف پر پھسلتی چلی گئیں۔ انھوں نے وہ قریب والا راستا اختیار کر رکھا تھا جو ٹروڈی نے بتایا تھا، مگر پارکر بہت پہلے چل چکا تھا۔ لہٰذا ان لڑکیوں کی کامیابی کے امکانات بہت کم تھے۔

بہر حال کچھ دیر بعد لڑکیاں اس غار تک پہنچ گئیں۔ ٹروڈی نے اشارہ کرتے ہوئے کہا،

"وہ دیکھو اسی غار کے بارے میں میرے دادا نے بتایا ہے۔"
این بولی، "شکر ہے یہاں برف پر کسی کے آنے کے نشانات نہیں ہیں۔ معلوم ہوتا ہے ہم لوگ پہلے پہنچ گئے ہیں۔"
اب یہ تینوں پہاڑ پر چڑھنے لگیں اور پھر غار میں داخل ہوگئیں۔ غار کا منظر نہایت ہی خوفناک تھا۔ یہ سب حیرت سے اِدھر اُدھر دیکھنے لگیں۔ این بولی، "وہ دیکھو، پتھر میں کیسا مجسمہ بنا ہوا ہے۔ یہ تو اس تصویر سے ملتا جلتا ہے جو گھڑی والے بکس پر بنی ہوئی تھی۔"
ایٹی نے کہا، "اور وہ دیکھو۔ اس مجسمے کے پیچھے ایک چمڑے کا تھیلا بھی تو پڑا ہوا ہے۔" بس پھر کیا تھا۔ ٹروڈی نے کانپتے ہوئے ہاتھوں سے تھیلے کو کھولا۔ تھیلے کو کھولنا تھا کہ اس کے اندر سے نوٹوں کے بنڈل نکلنے لگے۔ ٹروڈی کے داد کی زندگی بھر کی کمائی اس میں موجود تھی۔
لیکن جب یہ لڑکیاں تھیلا لے کر غار کے باہر نکلیں تو کیا دیکھتی ہیں کہ پارکر اور نورا

چلے آ رہے ہیں۔ پارکر بولا ”اچھا تو تم لوگ یہاں تک پہنچ گئیں۔ بہرحال ہم لوگ بھی خزانہ حاصل کرنے کے لیے وقت پر پہنچے۔“

این نے آگے بڑھ کر کہا ”ہرگز نہیں، تم کو میں یہ نہیں لے جانے دوں گی اور یہ کہہ کر این نے اپنی لکڑی سے پارکر کو اتنے زور سے دھکا مارا کہ وہ اور لورا دونوں لڑھکتے ہوئے دور جا گرے۔ اتنی مہلت کافی تھی تینوں لڑکیاں وہاں سے بھاگیں۔ پارکر نے اٹھنے کی کوشش کرتے ہوئے آواز دی ”ٹھہرو، ٹھہرو!“ مگر بھلا وہاں کون سننے والا تھا۔

بعد کو پارکر نے ان کا پیچھا کیا مگر لڑکیاں گاؤں پہنچنے میں کامیاب ہو گئیں۔ گاؤں والوں نے انھیں ایک برف گاڑی دلوا دی، لہٰذا وہ اس پر سوار ہو کر اپنے ہوٹل پہنچ گئیں۔ اس کے بعد پارکر اور اس کی بیٹی لورا کا کہیں پتا نہ چلا۔ وہ دونوں کہیں بھاگ گئے۔ خالہ کو جب تمام باتیں معلوم ہوئیں تو وہ ٹروڈی سے بڑی شفقت سے پیش آئیں اور بولیں ”مجھے افسوس ہے کہ پارکر کے معاملے میں مجھے دھوکا ہوا۔ بہرحال شکر ہے کہ تمھارے دادا کی دولت تم کو مل گئی۔ مجھے اس پر فخر ہے کہ میری بھانجیوں نے تمھارے ساتھ ہمدردی کی اور تمھاری مدد کی۔“

این نے کہا ”چلیے انجام اچھا ہوا۔ اب ٹروڈی مستقبل کے لیے کوئی منصوبہ تیار کر رہی ہوں گی۔“ یہ سن کر ٹروڈی نے کہا ”ہاں میں ایک چھوٹا مہمان خانہ کھول لوں گی جہاں سیاح آ کر ٹھہرا کریں گے۔ اس مہمان خانے کا نام ہوگا ”ہمدرد منزل“ اور میں تم سب سے التجا کروں گی کہ ہر سال معزز مہمانوں کی حیثیت سے اس میں آ کر قیام کیا کرو۔“